JN007754

あまカラ食い道楽

谷崎潤一郎 ほか

河出書房新社

あまカラ食い道楽

◉

目次

装幀――水上英子
カバー――古本と肴「マーブル」
撮影・もりたく

あまカラ食い道楽

鯡と鱈

長田幹彦

泥ッくさい不粋なたべものの話をさせて下さい。

私は鯡(にしん)漁場のもっとも全盛きわめる四月の十日前後に、北海道の後志(しりべし)の国の照岸(てるきし)という漁場にいたことがある。照岸漁場は岩内(いわない)町長の梅沢さんのもっていたもので、大正二年頃でも三百万円からの価値があるといわれたすばらしい漁場だった。なにしろ大漁の晩には、ひと建網に一千五百万尾もの鯡がかかるのである。もう海岸はもとより、街道も、往還も、畑も、山腹も一面の魚鱗で、それがキラキラ光るので照岸といわれていたのだそうである。飯場には二間四方もあるような大イロリがあって、それへぼんぼんホダ火が燃えている。まるで海賊のすみかみたいな実に荒ッぽい雰囲気である。船頭さんと称する漁場の幹部たちはみんなそのイロリへ足を踏ン込んで、ナンコ（ジャンケン）を打ちながら大湯呑みで新酒のガブ飲みである。あくの強いヌルヌルしたあの新酒である。肴は一抱えもある大鍋へ数の子と白ッ子がごった煮にしてあって、それを大箸でさしてはパクつくのである。青いものなんか、まだみんな深い寝雪の下なんで、仕方がないから海岸の岩蔭にヒヨヒヨ生えているコジャクというものをとってきてそれをうでて醤油をぶっかけて食うのである。コジャクは丁度木賊（とくさ）とつくしんぼの間の子みたいなもので、ちょっとフキのような匂いがして、別にうまくも何んともないものであった。

　酒ばかり飲まされて飯をたべることが出来ない。あんまり数の子と白ッ子をくいすぎるので私は朝になると鼻血が出てしようがない。ひどくのぼせるせいである。そこでもう八十近い老船頭に何んとかして飯をくわせてくれとたのむと、その船頭は自分のメンツーにこてこて冷飯をつめてもってきてくれて、自分で鯡を焼いてくわせてくれた。それはカマクラ焼きというやり方だそうである。何のことはない、生鯡を三枚におろして、小骨をすっかりとって、蒲焼めかしたタレへひと晩つけておいたやつを、鉄キュウへさして、中華料理の焼鴨のようにイロリの灰へたててこんがり焼いてくれるのである。これは脂がぬけてわりあいに淡白で、とてもおいしかった。私はがつがつたべた。冷飯だとなおうまいのは皮肉である。

それから鱈(たら)船がつくと、その老船頭は浜へいって、鱈をもらってきてくれる。船のうえで臓モツや浮袋(うきぶくろ)をぬいたやつを、二尺も積った雪の上へうまいこと放ってよこす。鱈はつるつるに凍てついた雪の上へすういと一線血の筋をひいて、四五十間も滑ってくる。そいつをひらいて薄桃色をした肉をぶつの刺身にしてからし醤油でたべさせてくれる。何ともいえないうまさだった。一度あれを味わったら干鱈をもどしたのなんか、当分見向きもするのはいやだった。

京阪へやってきて、例の正弁丹後や平野屋で、板前さんが腕に任せて十分加工したのをいただいても、正直のところ、私は一向うまいと思ったことはない。尾籠(びろう)ないいかただが、二十前の生娘と六十婆さんのちがいである。どんなにうまくかえしてあっても、あの匂いがよろしくない。鯡や鱈は生得(しょうとく)あんな味のものではないのである。

岩内へ帰ってから、金精楼というお料理屋の主人が、自分で豆腐をこしらえて、生鱈のチリをしてくれたが、それでもあの漁場でたべた刺身の味には及ぶべくもなかった。

鯡にしたってミガキにして干してあるところをみたら、食えるものじゃない。大漁になると持山の落葉松(からまつ)の二年木をみんな切っちゃって、野といわず、畑といわず、一面に干すのである。その間に数の子の干場がはさまるから沖からみると、まるでアブストラクトの画みたいである。まことに壮観である。今年なんか東京じゃまるで数の子のいいのが手に入らなくて、私はずいぶん寂しいお正月をした。戦前までは梅沢さんが大きな樽を送ってくれたので、今でもあの味は忘れられない。こないだ北海道の江差の人が生の鱈をわざわざもってきてくれたが、海流がちがったせいか肉がべしょべしょで、そんなにうまくなかった。ソ聯が近くなったんで、きっと魚まで味が落ちたんだろうといって、大笑いをした。

それから北海道大学の月寒(つきさむ)農場にいた時分、私は学生と一しょに牧草刈りをやった。朝五時におきて、牧舎へいくと、ブリッキのタップ一ぱい二銭の、しぼりたての牛乳を呑ましてくれる。トマトの何んとかシャーという新種を試作していたので、それを枝からもぎとって、皮むいて、ムシャムシャくっちゃ、濃厚な牛乳を喉から出るほど飲んだものである。もうあんな新鮮なうまいものはくえないと思うと、いささか老年は心淋しい。鮭の燻製を初めて祇園の茶屋のツキダシにもちこんだのは、歴史的に申すと私だったのである。

味覚の東と西と

小林一三

こんど一と巡りして、方々のホテルに泊って、つくづく感ぜられたことは、日本の食べ物（洋食）は実にウマいね。何処へ行ったって、日本くらい美味しい洋食を食べさせてくれる処はまアない。これは僕だけでない、皆がそういう。

英国は昔からマズいので有名だが、最近はいよいよマズい、美味で定評のあるフランスだって知れたもんだよ。日本だと銀座へんのちょっとしたレストランの牡蠣だって、ふわりっと、しかも衣はカラッとフライして持ってくるから、口に入れると、中からやわらかい牡蠣が出て思わずウマいなと味覚の美をたたえざるを得ない。ところが本場のパリの牡蠣とくると、コチコチで日本のように、ああ手ぎわよく揚げてない。コレなんだ！　と言わざるを得ないんだ。蟹だってそうなんだ。一体これはどうしてだろう。

そこで今度は日本の話になるが、日本でビフテキに用いられている肉、神戸牛だとか、やれ松阪牛だとかは、如何に美味しく食べさせるかのために、それぞれ秘伝のようなものがあってその目的のもとに飼育されているから、マズかろう筈がない。日本のビフテキと言えば世界の名物になっていて、日本へ来れば必ずスキヤキ、ビフテキ、テンプラをという話だ。

日本の洋食と、あちらとのウマい・マズいの相違が何処から出てくるのか、何によるのかを考えてみる。日本では、料理をする材料に先ず味つけをする。例えばカレーライスの飯の米はバタで狐色に透明になるまで炒る。それへさらに家々の流儀の味をつけて煮る。といった風に我々に知らさない苦心と手数を、肉にも鶏にも野菜にもかけられているのだから、マズい筈がない。西洋の方じゃ、そこを面倒くさがるわけでもなかろうが、材料をそのまま揚げるか焼くか蒸すか、どんどん料理をして、出来上ったら、味に従ってソースと塩くらいを振りかけて食べさせるのだから、それは大味なものだ。

この東西の味の違いが、即ち国民性の違いで、西洋では美味しい味を出すのも結構だが、物の自体のもち味、野菜は野菜、鶏は鶏の味を充分味わせようという、そこに料理本来の使命をおいているのでないか。それには日本のように物自体への味つけの苦心は、反って物自体の味をそぐのではないかという結論に帰着するのではなかろうか。

薬と毒

魚返善雄

医者の血がいくらか流れているせいか、あまり丈夫でなかったせいか、青年時代まで妙に薬に興味をもった。たとえば、じぶんが肺病になったとして、熱が出るようならすぐに熱さましのよいのをのんで出るやつをおさえつけ、一方では強力な栄養剤をのんでたちまち体力をもりかえし、すこしも苦労しないで病気をなおしてしまう。そんなことをまじめに考えたりした。これは小学生時代の夢。

「ハゲ頭に肺病なし」というから、もしかすると皮膚に一種の抗菌性ホルモンがあるのかもしれない。それを取って注射すれば……だが待てよ、もしそのホルモンが血管を弱くするものだと脳出血の危険をまねく。これは中学生のころ、ちょうどホルモン学説の輸入時代であったが、この夢も時代の産物。

そのうち漢方薬の本場の中国に渡った。親が医学校に行けというのを逃げたのだから、反動的な古風なものが目につく。草根木皮には近代科学以上のちからがあるかもしれないと思い、胃腸病で休学するとゲンノショウコやダラの木の根や炭の粉をのんだ。しかし急性の病気にはこれはダメと思った。

東京に来てからオウダンをわずらっていると、中国人の友だちがピンポンの玉のような漢方丸薬をくれた。そとのカラを割って中をのぞいてみると、龍眼肉みたいな半固形体にカビがはえている。そのカビも薬になるとのこと——つまり漢方ペニシリンなんだ。でもまだペニシリンなんかない時代だから、なんとしてもいただけない。そこであの孔丘先生の口まねをしてご辞退した——

「わたくし、どうも不案内で、いただきかねます」

ところが、大きな薬を見たおかげで、考えかたが変わった。それまで薬は小さいほど効力が大きく、便利でもあると思っていたのが、こんどは大きいほどよくはないかと考えるようになった。たとえば、重曹をなめるよりソーダ水をのんだがよく、ビタミンを注射するより夏ミカンをたべるのがよいというわけ。

この理論はぼくのような貧乏人はもってこいである。ドイツ語で薬をミッテルというが、それは手段方法の意味でもあり、大小はどうだっていいのだ。

　そうなると日常生活の態度にかなりの変化が起こる。まず一日三どの食事であるが、これも一種のミッテルだから、一日三回空腹時服用であるべきだろうが、どうも不規則になっていけない。ことにぼくのような夜なべ屋はとかく就寝前頓服をやりかねない。なんとかして処方どおりに服用するくせをつけたいものだ。

　食物のつぎに衣服住居があるが、これも見ようによっては全身のホウタイ・シップ、あるいは外用薬、物理療法機械である。その意味で、毛ズネまるだしのドテラや紫外線を通さない窓ガラスはよろしくない。むかし中国に、じぶんの家をサルマタに見立てて、はだかでいた人があったが、そこまで物理療法をやらないでも、もうすこし合理的で健康的な生活がありそうなものだ。

　さて、「良薬は口ににがし」というけれども、口にあまい良薬があってもよさそうである。センブリのようににがいのや、ドクダミのようにくさいのが良薬ではこまる。さいわいなことにこのごろはあまい、うまい良薬が手近に得られる。まず和洋の菓子がそうである。この種の製薬業者も戦争中はにがい薬の製造に転職したり、たとえあまい薬をつくっていてももっぱら陸海軍の御服用に供していたが、この節は駅の売店にまで日本薬局方程度の薬は出まわっている。

代々秘伝の製法による名薬も多い。ことに京都・大阪あたりではそういう薬のためにわざわざ雑誌をだしているところもある。それにはあまい薬ばかりでなく、多少からい味の薬も取りあげられている。まさにこれ、「やまいに応じて薬をあたえる」わけで、服用する人は大いに元気になり、しごとにも油がのるにちがいない。

ところで、からいほうの薬を服用する人が度をすごすと、薬がかえって毒になるといわれている。もっとも、毒をもって毒を制するつもりなのか、つぎつぎに服用する豪傑もあるが、そういう人は身の毒がやがて気の毒になりかねない。ふるまい酒をよろこんで飲んでいるうちに動脈は硬化しているかもしれないのである。

こんなことをいうと、毒舌といわれるおそれがあるからもうやめよう。当節は毒にも薬にもならないことを書いたり、いったりして、ていよく名を売り利益を得ることがはやる。舌からは毒気を抜いて、あちらこちらの良薬をなめあるくのが文化人らしいから、ひとつ見習わなくてはなるまい。

「すむつかり」贅言

谷崎潤一郎

「あまカラ」の本年二月号に村田良策さんが、「『すむつかり』のこと」と云う一文を寄せておられるのを読み、「すむつかり」について又新しいことをいろいろと教えられて、大変面白く思いました。ですがその前に、私が「すむつかり」のことを書いてから間もなく、昭和二十六年九月に東京杉並区の相馬信子と云う人から寄越された書面がありますから、先ずそれを紹介して見ましょう。

「乳野物語」を拝見いたしてをりますうちにその中の箸豆のお話の中へ引用された宇治拾遺の記事の中にありました「すむつかり」についてあなた様が「昔はかういふ料理があつたのに違ひないのでそのうち私は一度実験してみようと思つてゐる」と書いていらつしやるのをよみまして一寸申上げてみた

い気持が起きましたので失礼もかへりみず筆を持ちました。

私の郷里には「すみつかり」（おそらく「酸味つかり」だらうと納得してをります）といふ料理がございます、これは平常の料理ではなく初午の日に作るものとされ起源はわかりませんが相当古くから土地に伝へられてをつたもの丶様でございます、それは大豆を熬つて皮をとつたもの、大根おろし人参のおろしたもの、酒粕等を材料とし酢と醬油で味をつけたもので言泉に出てをりますものと殆んど同じものでございますが好みによりましては塩鮭の頭等を入れてダシをとる家もございます、これを初午の前日にこしらへて大きな陶器の鉢（サハチと申します）に貯へ数日か丶つてたべます。

大豆の熬つて黒くこげたところへ酢と醬油で色づいた汁があり酒粕のつぶがありますので色彩的に申しますと決して美しいものではございませんので他郷から来た泊り客などは一寸箸をつけませんが冷えてからの味はなか〳〵捨て難く特に赤飯との調和は味の上からも又食事後の体の具合にもよいものでございます。

申しおくれましたが私の郷里は茨城県真壁郡下館町でございますがこの「す

みつかり」をこしらへる地方はそんなに広範囲ではなく少しはなれると知らぬ人が多い様でございます、母の実家は一里余りへだたつた同じく真壁郡五所村でございますが其処にも同じ風習がみられます、私が東京に出てまいりましてからは殆んど「すみつかり」を知つた人には逢つたことがございません、しかし私の郷里のこの風習は相当根づよいものであの戦争中酒粕のなかつた頃はこの材料を集めるのに血眼になり酒屋へつかひものなどを贈つてゆづつてもらつているおとなの人達をまだ覚えてをります。

私は此の相馬さんの手紙で、始めて「すむつかり」と云う料理が今も茨城県地方の一部で実際に作られていることを知りました。そして、それは大根の外に人参も交ぜて作ること、冷たくして食べるものであること、赤飯と一緒に食べるのがおいしいこと、塩鮭の頭等を加えると一層よいこと、等々を知った次第ですが、村田さんの文章を読むと、栃木県の佐野地方にも此の料理が残っており、それがあの地方に於ける元三大師の信仰と関係があるらしいことも分りました。村田さんの文章には、相馬さんの手紙には書いてない特別な卸し金（金と云つても実は竹製）のことが書いてあり、その卸し金で大根を卸すことが書いてありますが、私は最近に至って、この卸し金をガリガリ卸しと云うのであることをも知るに至りました。と云うのは、今年の正月に日本交通公社から「たべもの東西南北」と云う書物が出ましたが、偶然それを見ていますと、栃木県の部に「酢むつかり」と云う項があって、「すむつかり」のことが実に詳しく書いてあり、ガリガリ卸しには殊に詳細な図解まで添えてあるのです。此の書によると、「すむつかり」のことは柳亭種彦の「柳亭記」にも載っているそうです。そして「すむつかり」は、栃木、埼玉、群馬、千葉各県の一部で食べると書いてありますが、茨城県下には書いてありません。「すむつかり」の語源については、「漢字でかくと酢憤となる。……ムッカリは憤りとかき、酢をかいだ時に鋭いそのにおいにムッと顔をしかめて憤った表情になることから語源が出たのだといわれているが、たしかな事は分らない。」とありますが、語源は分らないと云うのがほんとうでありましょう。兎に角、「たべもの東西南北」には「すむつかり」のことが可なり詳細に出ていますから、興味のある方は直接此の書に就いて見られることをおすすめします。（昭和廿九年三月記）

料理と文化

石川欣一

終戦後世界を三回まわったサムライが、大気焔を上げて曰く、「おめえたちゃ、何かというと、すぐパリのプルニエの、ロンドンのシンプソンのといやがるが、なあに食い物はアメリカだ。世界中のものが集って、ハリウッドなんぞには、うまいもの横町が出来てるぞ。」

これはある雑誌の座談会の席上でのことであり、私も出席していた。言葉は乱暴だが、一体アメリカの悪口をいうのが、進歩的文化人の資格でもあるかのように考えている人の多い今日、こうズバリといってのけたのは立派である。これに対して私は意見を述べたのだが、それは編輯者が削ってしまった。

私はこういったのである――「なる程、単に金にあかしてばかりでなく、美しいものを求める気持から、アメリカは欧洲その他からのいい美術品や何かを集めている。料理でもそうだろう。ハリウッドみたいな派手な所に、世界中の美味が集ったにしても、一向に不思議ではない。もう二、三十年前のことになるが、ニュー・ヨークでさえ、大体世界中のうまい物が食えた。葡萄酒でも、本場のフランス物が飲めた。只高価なのである。所がフランスだと、たとえば田舎を歩いていて嵐にあい、雨やどりに入った百姓の家で、おばさんがシャッシャとつくってくれるオムレツなんかが、すてきにうまい。どうも私の知っている国、英国、ドイツ、それからアメリカには、これがないらしい。」

これに対して本当にフランスを知っている獅子文六氏が、「いや、まったく、その通りだ」といってくれたが、これも削られた。

私は別に理窟をいうつもりではないが、そもそも人間腹がへっていれば、何を食ってもうまい。田舎を歩いていて腹がへっていたから、百姓のおばさんのオムレツに感心したのだろう、といわれると、そうかも知れないと思うが、然し「地のもの」を使用する――フランスのおばさんは、庭の片隅のパセリを摘んで使用した――点で、フランスと日本は、極端な例かも知れないが、アメリカよりは進んでいる。これも余程前、詳しくいうと関東大震災の当時、中央線で東京に入ろうとしていて、初狩だかで山津波にあい、汽車が不通になった。やむを得ず村の居酒屋に入ると、干しゼンマイをもどしたものを煮干しで煮てくわせたが、その味はいまだに記憶している。つまり、栽培しないか、或は半分栽培した程度の、野生に近い植物――動物であってもいい。例えばタニシ――を、料理に使う点に特色がある。アングロ＝サクソンは、そこへ行くと全然趣味が違うので、摘草などということはやらない。昔話ばかりになるが、プリンストンにいた時、寄宿舎の向うのゴルフ場で、草を摘んでいる人々がいるのに気がつき、アメリカ人でもあんなことをするのかと聞くと、「あれはイタリイ人が蒲公英（タンポポ）の花を取ってワインにするのだ」と、如何にも馬鹿にしたような返事だった。

話をアメリカに限定すると、サムライが語ったことは別として、一体アメリカ人は料理に関心が薄いらしく、それに何でも手軽にやるので、只かき廻してあたためればいいといったような、プレクックド――既に半分以上料理された――ものが沢山ある。いい例がマッシドポテトだろう。馬鈴薯をゆでて皮をむき、バター、クリーム、塩などを加えて、丹念にうらごしにしてねるのだが、これがサラサラした粉になって売られている。ボウルに移し、一定量の湯を注いでかき廻すと、二分間くらいで出来上って了う。ケイクを焼くにしても、同様である。事の是非善悪はとにかく、こういう生活をしている結果、料理も標準化し、あの広いアメリカ中どこへ行っても、又生活水準の如何を問わず、皆同じ料理を食っている。これは民主主義かも知れないが、面白くないことは事実である。

と考えて来た私は、一体オレはどの程度にアメリカを知っているのだろう？という疑問にぶつかった。その辺の床屋のおっつあんや、バスの運転手よりは、確かによく知っているが、只それだけの話で、ニュー・ヨーク、ニュー・イングランド諸州、ワシントン、オークランドなどの、それも中流階級のアメリカ人しか知っていやしない。「あの広いアメリカ」と、自分でもいったが、そのアメリカで知らぬ場所の方が多いのである。山の中とか大平原とか、不便な海岸とかには、私の所謂「地のもの」を使った料理が、いくらでもあるかも知れない。例えばジャンバラヤという料理がある。渋谷の日本語学校で、日本の食物の話をした時、三、四十人いた外国人の、九割五分はアメリカ人だったが、ジャンバラヤを知っている人は、たった一人で、「あなたはアラバマでしょう」といったら、ちゃんと当った。アメリカ人でさえ知らぬ料理が、アメリカにはある。それから先日、オクラホマの農場で成人した人と一緒に食事をして、食物の話になると、この人はリス、タヌキ、浣熊(あらいぐま)その他一般にアメリカ人が食うとは思われぬ物が、実にうまいといっていた。

そこで私は、今度アメリカへ行ったら、そのような「地のもの」料理が食えるような場所を訪れる旅程を組むつもりでいる。土地が広いばかりでなく、世界中から人が来ているのだから、プレクックド・フッドや缶詰以外に、いろいろな料理があるに違いない。自分が知らないので、そんなものがないときめ込んでいては、今日さまに相済まない。

愛すべき悪魔

筈見恒夫

いつの頃から酒をのむことが、私の習癖となったのであろうか。桃の節句の白酒に初めてお酒の甘味を楽しんだ幼年時代、戸棚にしまってあった蜂ブドー酒をこっそりと飲んでみつかったのもその頃だったか。元旦の朝にお屠蘇をのみすぎて、苦しくなったのは、もう少年になった日の思い出だ。それが悪魔の私に対する最初の誘惑であったのだ。

いつとはなしに、私の青春は酒びたりの中ですごされていた。嬉しいことがあったと云ってはのみ、悲しいことがあったと云ってはのむ。もちろん、何ごともなかった退屈な時にはなおのんだ。考えて見ると、私の青春の半分ぐらいは酒の中ですごして来たわけである。酔っぱらっていたのかも知れない。青春などと、人聞きのいいことを云っているが、中年の坂をのぼりつめた今だって、その行状はあまりかわりがない。灯ともし頃ともなると、酒友の顔がちらついて来る。ちらついて来るだけならいいが、現実に電話がかかって来たり、当人たちが姿を現わしてメフィストフェレスみたいに、あの手この手と誘惑するのだから、いくらこちらが道徳堅固なファウストであっても敵するすべはないのである。その後で悪魔は宿酔（ふつかよい）とツケをもって必ず現われて来るのである。

むろん、悪魔の手先たる酒友どもは、私を一流料亭や、高級バーへ誘惑をするのではない。戦争の末期、東宝撮影所にいた時は藤本真澄だの、八木隆一郎という映画悪魔が、夕暮れ時ともなると、怪しげな密造酒を持ちこんで来た。持ちこむだけでは済まなくなって、やがて一同でその密造の本拠まで押しかけた。ゲップと一緒にガソリン臭い息の出る奴である。私たち撮影所仲間の三名ほどは、この悪酒のために命を落した。俳優の月田一郎、プロデューサーの氷室徹平などという面々がそれである。私は悪魔の手をのがれることが出来た。思えば、酒徒にとって危険な時代であったが、この死線をくぐったと思えば、私たちの酒の修業も、一通りや、二通りのものではない。筋金が入っていると威張っても見たくなる。

廃墟の中に立った盛り場のマーケットの中に酒のある店を見つけ出すのが、その頃の毎夜の仕事だった。そのバラックにも負けない急造濫造の映画をつくりながら、カストリで憂さを晴らしているのは、すでに身も心も悪魔に魅入られた証拠であったのか。

私はわびしいカストリを、目をつぶってのみ下しながら、戦争などなかったよき時代のよき酒を思い浮べた。その頃の私は、二月に一回ぐらいずつ京都と大阪へ行くのが楽しみだった。酒もよかったが、酒友もよかった。京都の撮影所が、今日のように、ばさばさしていなかった。時代劇の全盛期で、山中貞雄、三村伸太郎、稲垣浩という連中の鳴滝組が溌溂としていた。ことに山中貞雄は斗酒なお辞せずという豪の者だった。ふだん無口な彼が、気のおけない友達とのむ時は、たいへん雄弁になる。稲垣と、その山中の三人で、花見時、円山公園の茶店で、夜通しのみあかした酒の味など、到底忘れられない。その山中は、時代劇監督としての才幹を惜しまれながら、戦争の始めに、中支で陣歿している。戦争の野郎め！　がたっぴしの時代劇め！

今にして思えば、あのカストリの匂いも、たとえば子供の時に嗅いた夜店のアセチリンガスのような郷愁を誘うのである。——と云って、カストリや、バクダンという名の密造酒を二度と口にしようとは思いません。

掘立小屋のような、わがカストリ酒場の中でつぶれるものはつぶれ、残ったものは日一日と立派になって行った。残るものは残るだけの理由があるから残るのだが、この中で、有楽町駅前のお喜代と、渋谷のとん平が私たちの酒友仲間の終戦後における記念碑の役割を果たしている。お喜代は、横山隆一、泰三兄弟を初めとする漫画集団、高見順、火野葦平の作家連中、とん平は、辰野隆を首領とする東横沿線在住の仏文関係、民芸、俳優座の劇壇関係というように大体顔ぶれが出来ている。辰野大メフィスト先生を始めとして、この人々が私にとって悪魔なのだ。酔って、人生の話をきき、本当のような嘘の話をきき、何かわからないことを語っているうちに、いつしか終電の時刻もすぎているというのは、悪魔に身も魂も売った人間のみが知る悦楽境である。

私は今でも関西へうまい酒をのみに行くのが楽しみである。酒もうまいし、たべものもうまい。東京では大尽さまのように御大層ぶったお座敷で食わされるふぐが、庶民的な腰かけでたべられるのも関西ならばこそだと思う。それでも、私の愛する京都には、山中もいなければ、三村や、稲垣も東京へ来てしまった。鳴滝組の残党の一人だった井上金太郎さえ、昨年の秋に病に仆(たお)れてしまった。円山公園の桜は、戦争前と同じように、今ごろは満開を誇っているだろうが、酒友が一人二人と減って行く京都は寂しい。

私は関西に旅しては酒の味をたのしみ、同時に大悪魔、小悪魔の群がる東京ののみ屋の賑かさに郷愁の念を駆られるのである。酒友の味いは、いかなる珍味佳肴にもまさると思うのだが京阪の地にグレチエンのごとき佳人を見出したら、私もメフィストどもとの契約を破棄して、桜の木の下に恋を囁くことを、人生至上の楽しみとするかも知れない。だが、酒と酒友、この悪魔は生涯私から離れることはないようである。

凡人の酒

吉野秀雄

一

わたしは少年の頃『福翁自伝』を愛読するの余り何とかこの翁の開いた学校で経済学とやらいうものを稽古したいと念願を立てた位だから、大正九年田舎から東京へ出て慶應義塾理財科予科に入り、大講堂で福沢先生のあの角帯丸腰姿の油絵を仰いだ時の感激はまた格別だったが、それはともかくとして『自伝』の中に先生が幼童すでに酒を嗜まれ、月代(さかやき)を剃られる痛さも酒をやるからといえば我慢できたという話や、長崎・大阪の遊学修業当時の豪飲ぶりをうかがって、こんなところにもいたく興味をそそられたことを覚えている。というのが、わたしもまた生れついての酒好きなのであろうか、はじめは麦酒に砂糖を入れたり、母の飲む葡萄酒・養命酒・仙桃酒をくすねたりしてひそかに楽しむという程度だったが、おいおい、晩酌をかかさぬ父の脚高膳の横ちょに坐って三杯五杯と貰いのみするようになり、出京の以前に一通り酒のうま味は心得ていたようだ。

わたしの家は代々の酒客で、わたしの兄弟や子供たちも男は皆よく飲む。酔えばえへらえへらするだけで、さっぱり芸のない点も共通している。父の父はアメリカのワシントンがどうとかしたという珍妙な唄を口の中でつぶやいていたし、父は神武・綏靖・安寧……と歴代の御名百二十余を唸っていたし、わたしは「愛して頂戴な」の一本槍で、鎌倉でも「チョウダイナの吉野」という綽名がいくらか知られているほどの音痴代表である。

父は生涯飲みつづけ、晩年にも酒量衰えず、しかも脳の病に関係なく七十八まで生き永らえた。死水は希望通り酒で取り、墓にも酒をそそいでいる。この人が酒についてわたしにいったことが二つある。一つは、酒をうまく飲みたければまめに手足を動かして腹を空かせろという平凡な感想だが、今も時折思い出してはうなずく。も一つは、酒の銘柄にばかり気をとられるのは酒道の初歩で、どんな酒にしろ、うまいまずいはむろんあるにしろ、それぞれの個性を見てやれば結局はうまからぬ筈はないというのであったが、これも七割まで同感できる。実際健康で腹を減らして飲みたくて飲めば、大抵の酒は文句なしにうまい。もっとも父は清酒一方だったが、わたしは日本酒・麦酒・ウイスキー・ブランデイ・ワイン・焼酎・泡盛・砂糖酒（小笠原の）何でもかまわぬ。戦時戦後の酒飢饉に際しては、薬用アルコールを番茶とエッセンスの調合で愛用したし、行列を作って国民酒場の合成酒にもありついたし、鎌倉八幡前の蕎麦屋の鬼殺しもしばしば飲んだ。鬼殺しというのは、透明で薄くれないで見るだにものおそろしい液体だったが、親爺自ら毒味して後販ぐのと、コップ二杯以上は腰を抜かすゆえ売らぬという親切気が籠っていた。但し無理に三杯四杯とねだって、予定の如くぶっ倒れたこともある。こういえば、わたしがいかにも意地汚いみたいだが、なあに、中山義秀・石塚友二・清水基吉等々の面々もまた常得意だったのであって、わたし一人のことではない。

わたしは死ぬなら脳溢血とかねて冀っているが、それにはどうも血圧が低すぎるらしい。なぜ低いかというと、わたしは青年時代七年間も肺病で寝ていたという結核体質の人間で、多分そのせいかと思う。いやそうと決めて、わたしは天の摂理の微妙さに感服している者だ。療養中はいうまでもなく禁酒禁煙を断行したが、少しいい目がつくとすぐ酒を恋しがったことは、

酒に酔える我を叱りて愛妻(はしづま)や肺病全快談を読めとわめきつ

という歌が証拠立てている。

一息に麦酒四本を飲みし時現(うつ)しことごともはや迫らず

の一首も病後いくばくもない時分のものではなかったかしら。わたしは決して大酒ではないが、もし、肺病のくたばりぞこないのくせにという条件がつくなら、まず人後に落ちぬ飲ん兵衛ではなかろうかと、つまらぬことを唯一の誇りにしている。この春、万葉集で武蔵の国は多摩の横山というあたりの酒造家へ

遊びにいった時、三十四石六斗一升六合とか、三十五石二斗〇升八合とか（これはでたらめの数字ではない。手帖をさがして写したのだ）の酒入タンクを仰いで、七八年の空白はあったにせよ、俺にも生涯この一本位は飲み干す元気があるぞと、ひそかに力んだことであった。

病気のためにわたしは経済学を放擲し、とうとう歌よみになってしまった。しかしわたしは敢て主張するが、酒によって肺病を発したという説は絶対に承服できない。酒は酒、病気は病気である。ひとたび肺病の癒えてこの方も、——わたしだって命は惜しい！——身体に悪ければ止めよう止めようと思いながら、一向さしさわりがないのみか、強いて止めれば却て意気沮喪して身体に変調を来たすので、ひたすら懼（おそ）れ畏んで性の自然に順応しつつ、いうなればいっぱいやりつつ、今日に及んだだけのことである。わたしはどうせこの世に大満足して死ぬ側の人間であって、殊更の不平は皆無だが、ただここに例外として、わたしの葬式のお通夜に、彼は飲みさえしなければもっと生きられたろうにという小生意気な批評だけはしてもらいたくない。何かいいたいなら、彼は飲んだればこそここまで生きられたのだ、ああ見事によくも生きてくれたといって欲しい。――だが、禁句を犯す者への用心のために、わたしは夙に説得係兼頭突き（唐手の一種）の選手をちゃんと準備してある。

駄文を書く途中、事が事なので、たまらなくなって麦酒二本あおったせいか、やや気焔を挙げ気味になったようだ。冒頭へ戻っていうと、聞くならく、福沢先生は鯨飲十年の末酒の害をさとり、三十四五歳にして「酒慾を征伐」（たしかこういう言葉が『福翁自伝』のどこかにあった）されたとか、さすがは偉人の仕業である。しかしわたしは未だ酒の害を知らぬのだからこの慾望を滅断する必要を感じようがないということも、理と情を兼ね具えられた先生ならわかって下さりそうに思う。

二

最近の新聞記事に、大盃の咄が偶然二度出ていた。一つは、雲州松江の藩主松平直正公が愛用したと称せられる六升五合入りの超大盃が、松江市黒田町小林滋子さん四十三歳方から発見されたというもので、その盃は朱塗りに金で縁どり、直径は五四センチ、周囲は一メートル七七センチ（少し計算がおかしいが、多分ゆがんでいるのだろう）高さは二二センチ、古老の談によると、「出陣の盃」といわれ、藩主から家老の朝日丹波の手に移り、明治になって後、嘗(かつ)て庄屋だった小林さんの先祖が大枚一円五十銭で買取ったのだとやら。この大盃に酒をなみなみ満すと目方凡(およ)そ三貫五百匁(もんめ)、これを直正公お抱えの力士雷電為右衛門が軽々と手にうけ、悠々と飲み干したという伝えもあるよし。も一つの方は、栃木県益子町の祇園祭の、一斗余の酒をたちまち飲みとる古式豊かなお神酒頂戴の行事の報道で、これは数百年来伝わる五穀豊穣家内安全祈願の儀式のよし。さて盃は直径一尺二寸五分の朱塗りの逸物、これに三升六合五勺(しゃく)（三百六十五日に因む）の熱燗の酒を湛え、先ず今年の祭当番連中が紋附羽織袴姿で二杯飲み、ついで来年当番の代表十名がやはり同じ出立(いでたち)で三杯（一斗九合五勺）飲む。もし飲みきれなかったら、祭引継ぎができぬとあって、各々ゆで蛸となって大奮闘、云々。

　わたしがこんな屁のような記事（失礼！）に注意し、さも閑人(ひまじん)であるかのように切抜きまでこしらえておいたのは、単に自らが愛飲家であるというばかりでなく、数ヵ月前に、やはり大盃で飲んでみた経験があるせいなのだ。

歌よみで酒会社に勤めているMが横浜からやってきて、つかぬことを申し上げるが、あなたはもしや大師河原の酒合戦に使った大盃そのものずばりで酒を飲みたいという慾望はおもちにならぬだろうかと、万々こっちの意中を察し抜いての口上。所蔵者池上家はなかなか差許さぬが、川崎市役所の市史編纂員のFを動かして、やっと話はつけたという。一体肝腎の中味はどうするのだ、こっちは大盃酒戦の強者（つわもの）ならぬ大盃無銭の痴者（しれもの）なんだがと、下らなく洒落（しゃ）れれば、御念には及ばぬ、取引先の酒造家から奪い取る手筈ができているという。そこで某日、川崎駅前に集合したのが、わたしとMの外に、市役所のF、歌仲間のTとI、Mの息子の写真家、トロリーバスに打乗って市の東端池上新田なる池上家へ繰り込んだ。

大師河原の酒合戦は、慶安の頃茨木春朔の書いた仮名草子『水鳥記（すいちょうき）』（水鳥は酒の字を分解したサンズヰにトリ）によって世に名高い。寛文以後刊本となり、小山田与清の『擁書漫筆』にも出ている。一名『酒戦記』ともいい、俗に「慶安酒合戦」とも呼ばれる。著者は慶安の頃江戸大塚に住んだ酒豪の医者で、地黄坊樽次と称して酒友門弟あまた有していたが、その時分酒のコンクールが大いに流行したらしい。然るにここに武蔵の大師河原に池上太郎右衛門あり、これがまた大蛇丸底深と名乗って樽次に劣らぬ大の飲ん兵衛、酒徒一門広く、近郷に勢威を誇っていたが、両雄並び起たず、慶安元年九月、樽次は底深と雌雄を決すべく小石川鶏声ヶ窪の家を発し、大師河原に押寄せ、底深の家で酒戦を開き、遂に樽次の勝ちとなったというのがその荒筋だ。これは軍物語になぞらえた戯作には違いないが、すべて事実に基いているのが値打ちで、この時底深の用いた「大蛇丸」の大盃が即ち今日の目当てなのである。

池上家は本館洋式、庭園和様の堂々たる屋敷。この辺一円工場地帯で、戦争中空襲の被害も多かったようだが、同家だけは不思議に無事だったという。この家、朱雀天皇の天慶三年、摂政関白太政大臣藤原忠平の三男兵衛祐忠方が故あって関東に下り、武蔵荏原(えばら)郡千束郷池ノ上（今の大田区池上）に住して池上氏を称えたのがはじまりで、今も用いている雁金の紋所は、源頼朝奥州征伐のみぎり、武蔵野で道に迷ったが、先導の池上某が雁に教えられて川越の里への間道を発見し、その功によって与えられたものというからものすごい。十一代目が右衛門太夫宗仲、これが日蓮上人に帰依し、文永十一年池ノ上に本門寺を建て、日蓮は弘安五年この地に寂した。われわれ不心得者は、酒戦の池上にばかり気をとられているが、本当は本門寺大檀那の方の池上を尊ばなくてはならぬのであろう。庭にあった上人手植の松は、高さ一丈に達せず、周囲六尺余に過ぎぬに、枝は林泉を蔽うこと百五十坪に及んだというが、昭和二十年日本敗るるの日、何かを暗示する如く枯死してしまったよし。

江戸初期の元和年間になって、幸種、幸広の父子がこの大師河原に大規模な開墾事業を企て、やがて一家はここに移住したが、この幸広こそ太郎右衛門の大蛇丸底深その人である。爾来代々篤農家輩出、墾田と甘庶の栽培で名高い。今日接待に現われた年輩の主人公は三十九代の幸健(ゆきよし)さん、これは農芸化学の学者、養子四十代の保元さんは質屋を営んでいる。

座敷には書画を懸けめぐらし、卓に白布を展べて大盃類はうやうやしく安置されていた。その盃について解説すれば、──

第一は大蛇丸の盃。酒戦に使用した蒔絵の朱盃。幸広は毎晩これで十杯ずつ寝酒を呑んだというが、まさか。何しろ直径一尺二寸、深さ一寸二分、一升五合は楽に入る。

第二は蜂龍の盃。八代兵五友康が頼朝から拝領したものとか。朱漆に龍と蜂と蟹が高蒔絵（たかまきえ）で画かれているが、この文様はノム・サス・ハサム（肴を箸に）の意を寓する。これも酒戦用で、直径八寸、深さ一寸一分、七合五勺入り。

第三は下戸の盃。雁の飛び文様ある朱盃。雁を鶴と見て、舞鶴の盃とも呼ばれる。大蛇丸や蜂龍よりも小さいので、酒豪連は下戸の盃としたのだが、それでも一丁ひっかければ、四合五勺という次第。

第四は玉川の盃。三つ組の中盃で、鮎の蒔絵がある。宗仲が日蓮上人から贈られたという。上人も「油の如き酒五升、賜（た）び候ひ畢（おわ）んぬ。」と遺文に見える方だから、すこぶる酒道には関係が深い。

われわれは、担いでいった酒を大蛇丸に注ぎ入れて飲み廻した。ところが、『水鳥記』にも、「稀世の大盃にて、とても両手に持つも飲む能はざるものにて、先づ口をつけて呑み始む。」とある通り、まことにはや、ぐらぐらと平衡のとれぬ按配で、両手と口の三箇所で余程しっかり支えぬと、酒をこぼしてしまう。わたしは中で一番貫禄の高い蜂龍の盃で飲みたいと思ったが、これはいつの頃か、酔漢がよろめいてあわや踏みつぶされそうになって以来、当家の家督相続式以外には使用厳禁となったとやらで、同じ文様の写しの盃で飲んだ。いい気持になって眺めた書画の中には蜀山人の幅があった。わたしの手帖は鉛筆の酔書でわれながら判読しかねるが、——

池上の家につたふる蜂龍の盃を見るに、庭に牡丹の花さかりなり

蜂龍の盃とりてさしむかふ庭にも花の底深み草　　蜀山

とあったかと思う。底深と深見草の、共に異名同志の駄洒落である。画帖をつきつけられて、わたしも一首下手糞な和歌を詠じた。——

なみなみとこの大き坏(つき)に酒注げば龍蜂蟹の皆動き出づ

帰りがけにバスの停留場で、工場戻りの人たちが怪訝(けげん)な面持をする程わいわい騒いでいる時、はじめて酒の寄贈者の酒造家Kが不参だったことに気づいた。なあに、松之尾の神や三輪の神についでの大蛇丸の命(みこと)に一杯献上したと思えば

何かの御利益もあろうさ。……大盃で飲むと、気宇宏大になるところがめでたい。

たべ物と風情

長谷川春子

昭和の初めの晩春のある夕方、北京の西安門にちかいある料亭へ招ばれた。まだそれは蔣介石さえ北上したこともなく、張作霖が北支那の天下をおさえていた頃の燕(えん)の古都の匂いの北京時代。

入口からまるで古い紺屋の仕事場みたいなうす暗いところ、大きな水がめ風なのが八またの大蛇が鼻をぴこつかせそうに、幾つも幾つもいろんな何だか食べ物の八珍百味が漬けてあったり、詰めてあったり、それから大きな石川五右ヱ門が煮られそうな大きな釜や鍋から湯気がたって、いくつもとこしなえにぐつぐつと煮えている。フカのひれ、燕の巣のたぐいなり。

そんな中を我等が招かれた異国の旅人、三上於菟吉、時雨女史、私、その他老北京が数人、私は物めずらしげに、きょろきょろ、びくびく通り抜けて奥の房へと通ってゆく。

建て物は古風な支那建築独特のあの中央に庭のような土の場所のある、正面左右の房はまるで僧院の房のようなあんばいの黒ずんだ部屋部屋で、あんまり装飾もない房の一つで、円い大きな卓をかこんで宴がはじまる春のおぼろ月夜の夕べであった。

おぼろ月夜にしくものぞなきなんていう日の本の京洛あたりのあの柳さくらの春霞のおぼろ月夜ではないのだけれど——丁度春のころは、それあの支那蒙古に有名な蒙塵といわれる一尺さきも見えない黄土の晴嵐といいたいが、雨ふらずとも天日も杳(くら)くなる風砂で、暗(やみ)にまぎれて失政の帝后や大官が逃げるのは夜よりもこの真昼間の蒙塵を利用するのが支那三千年来のならわしである。

我々も話にきいたこの蒙古風が突然吹き出して馬ふん、駱駝ふん黄土をあびて、半日ほど散々であったが、夕方はすっかり和(な)いで、春霞のうすくたなびくおぼろ月夜、長安洛陽の蕩児が散歩しているあの唐詩中にありそうな宴宵である。

ふと気がつくと、そよ風につれて夕やみのほの白い空中に夢の小蝶のように、又散る花びらのように、それよりももっとゆるやかに飛びかうほの白いものが沢山ある。房の中へも漂いこんでくるいみじさ。これが支那の文章の中に春の景をのべる時よく出てくる柳絮（りゅうじょ）であった。

「ああ、これが――」

我々三人は大よろこびであった。

これと甚だいい対照物はこの家の給仕人たち、北支那人ことに山西、山東あたりの生れの大男の四十ぐらいのばかりの、ずく入道たちが二三人、我々の卓の後方にのっそり立って給仕をしてくれながら、片手でちいいんと手ばなを我々の肩ちかくで飛ばし給う。

物ずきな三上於菟吉や、いたずら者の私なんぞは些かも困らず、いと物おもしろげに「おぼろ月夜の手ばなかな」で可笑しいが、江戸っ子の時雨女史はいとも閉口している。このずく入道達の給仕は其後も年久しく健在で、この店にいたと見えて後年――十年もたっての後、藤田嗣治さんがこの入道をたしか二科展へ油画に料理して出品されて対面した。向いの房にいる未知の客からは、私たちの事をよみこんだ唐の詩を風情ある筆蹟でお皿へかいてとどけてよこした。何だか房と房の間の中空から月がみえたような心もちがする。

さて又十年以上もたって、私がひとりで天津のある横町を散歩していると、大きくはないがひどく繁昌するらしき、まあ日本でたとえればむかしの天ぷらの橋善か、どじょう汁やといった車屋、苦力（クーリー）でも身ぎれいなら客にあげそうな店で、客が一ぱいなので往来ばたでセッセと男たちが肉を切っては小皿に幾切かどんどん盛り付けているところを通りかかった。牛肉ではない、何の肉かはしらねども、その肉のいろのうまそうな事、よだれがたれそうな肉の感じである。この位うまそうな肉の色はかつて仏都ルウブル美術館で、巨人レムブラントが描いた『牛肉の画』骨つきのぶら下げた肉の古代の名画以来のうまそうなことである。

私は早速近くの毎日新聞社支局へ飛んでかえって、仲間を二人引っぱって、この流行っている何だかわからぬ肉鍋屋へおし上った。三階まで一ぱいの客で、あの肉を皆うまそうに食べている。ところが、我々三人共殆んど唖の客『わかりません（プウミンパイ）』で、左右をみながら手真似口真似注文して、給仕の支那小僧を手こずらしたり笑わせている所へ、遠くの人ごみで食べていた老天津の日本人がやってきて通訳してくれた。

これは天津で一ばん流行る羊肉の美味で有名な店であった。その人のいわく

「それにしても日本人なんぞ到底こない店ですが、よくわかりましたなア。」

玉子焼の話

宇野浩二

もう二年ほど前の話であるが、ある所で、徳川夢声、古川緑波、花柳章太郎、私、という妙な顔ぶれで、夕飯を一しょに、食べたことがあった。

その時、何かの料理をたべながら、四方山の話をしていた間に、誰かが、(たしか、緑波が、)突然、「玉子焼がたべたいな、」と云った。それに対して一ばん先きに「食べよう、」と応じたのは私で、私につづいて、夢声も、章太郎も、すぐ、「賛成、賛成、」と同意した。

ところが、それから、大形(おおぎょう)にいうと、四人の間に、東京と大阪の玉子焼の優劣論がはじまった。私は、大阪のうすい味の黄いろい玉子焼の方がおいしい、と主張した。それには、大阪風の食べ物の味も十分に認めている、章太郎が、

「あたしは、どちらも好きだから、半々ですな、」と云った。が、夢声と緑波は、頑として、大阪風の玉子焼を認めず、東京流の王子焼の方がずっと旨い、と云い張った。

東京流の玉子焼とは、辞書を引くと、「(一)鶏卵に醤油・味醂・砂糖などを加えたものを、金属製の器に入れて焼きたる食品。(二)上記の玉子焼を焼くに用うる金属製の器。底を浅く四角に造り、柄を附けたるもの。」というのである。(この説明だけでも分かるように、東京流の玉子焼は、『玉子焼を焼くに用うる金属製の器』さえあれば、学問をするために田舎から都に出て自炊生活をする書生たちでさえ手軽るに出来る訳である。)

さて、その東京流の玉子焼を女中に註文する時、それを形容するのに、夢声、緑波、章太郎、の三人は、さまざまの云い方をした。(これから先きは記憶が一層あやふやであるから、そのために書く事にいろいろな誤りがあるにちがいないので、ここに名を出した三人の方に、飛んでもない御迷惑をかけるかもしれない。その事を前もってお詫びするとともにお断りしておく。)

「あれ(つまり東京流の玉子焼)は、……そうだなあ、よく天ぷら屋などに、……」「そうだ、そうだあまりお上品でない天ぷら屋に……」と云い合ったのは、緑波と夢声である。そこで、私が、「僕は、玉子焼が好きだから、東京にいれば、あの甘からい玉子焼でも食べるけれど、何分あのどす黄いろい色が、……」と云うと、章太郎が、ちょいと剽軽な笑いを頰にうかべ、その顔を指さしながら、「こんな色だ、」と云った。

しかし、この章太郎の言葉は一種の洒落であって、章太郎の顔はいわゆる白粉焼けのためにほんの少し（気がつかない程の）茶色のような色をしていただけである。

さて、東京流の玉子焼は、前に述べたように、赤黄いろく、甘からい味がした。それを、東京の人は、たいてい、普通の黒い色の醬油をかけた大根おろしを添えて、食べる。が、私は、どんな食べ物でも、うすい味が好きであるから、東京流の玉子焼をたべる時は、醬油をかけない大根おろしをなるべく沢山そえて食べることにしている。

ところで、大阪風の玉子焼は、たぶん、醬油などを使わないで、『金属製の器』に、うすく油をしいて、かきまぜた鶏卵をうすく流しこんで、それを端から幾まわりか巻いて造るので、『巻き焼き』とも云って、色は薄いレモン色で、それを縦に切るので、横から見ると、その切り口は渦巻きの形をしている。

私は、殊に玉子焼のすきな私は、大阪に行くと、何をおいても、この大阪風の玉子焼を食べることにしている。

さて、以上の文章は十二月十七日から二十日までに書いた。十二月二十日といえば、あと十日ぐらいで正月が来る。

正月の食べ物は、日本では、大抵の家では極まっているが、少年時代と青年時代に十五年ほど大阪でくらした私は、もしそれが叶えば、大阪から、次ぎのような物だけでも、取りよせたい、と思っている。

蒲鉾、厚焼、梅鉢。

この三つの物の中で、蒲鉾の説明は後まわしにして、厚焼と梅鉢について述べよう。（ここで、一ト言お断りしておく、それは、前に述べた大阪風の玉子焼のことも、これから説明のようなことを述べる厚焼や梅鉢や蒲鉾のことなどは、大阪の人たち（と大阪の食べ物のことをよく知っている人たち）には、あまりに当り前のことであるから、少しも興味がない事を、しかし、又、それらの人たちにも、この当り前の事を読んでもらわないと、このような駄文章でも、書く意味がないからという事を。）

さて、私が、大阪にさまざまの旨い食べ物があるのに、殊更に厚焼と梅鉢を上げたのは、二つとも私の好きな鶏卵が主として使われてあるからである。

『厚焼』とは、鶏卵を加工したものを使い、それを煉瓦を真四角にした程の大きさの形にしたもので、色は、カステラ色というより、樺色にちかく、水気はない。

『梅鉢』とは、物は厚焼と殆んど同種類のものであるが、大きさも分の厚さも厚焼より小型で、厚焼は前に述べたとおり真四角であるが、これは、梅の花の形になっていて、やはり厚焼のように水気はないが、厚焼よりいくらか柔らかく、たしか、花瓣にあたるところ（つまり、縁）だけが卵色になっていて、表と裏の真中に、大きな丸型の判を押したように、そこだけが焦茶色になってい て、その焦茶色の丸の縁になっている五つの花瓣の形のところが卵色になってい るので、『梅鉢』は、文字どおり、その形と色によって、一つの模様になっている。

さて、これから、蒲鉾の話。

私は、明治三十三年から三十八年頃まで、大阪で、宗右衛門町の伯父の家から、たしか上本町六丁目にあった、府立中学校に、通った。これから述べるのは、その時分の話である。

朝、宗右衛門町の家を出で、日本橋をわたり、道頓堀筋の東の方へ、松屋町を横ぎり、生国魂神社の方へ上がる坂道を一間ほど歩くと、南側に一軒の蒲鉾屋（小売りと製造を兼ねている家）があった。毎朝、その蒲鉾屋の前を通ると、いつの朝でも、その見世の漆喰場（「しっくい」を東京では「きたたき」という）の隅に生きた鱧が十匹ちかく一と塊になっておのおの輪を描きながら跳ねまわっている。

私は、生まれつき、蛇という言葉を聞いても、蛇という字を見ても、気もちが悪くなるほど、蛇の類がきらいであるが、これらの蛇の形に似た鱧(はも)どもが十匹ちかく蛇のように跳ねまわっているのは、形はいくらか似ていても感じはまったく違うので、気もちが悪くなるどころか、かえって一種の爽快味を感じたものであった。どうしてそれが爽快味を感じさせたかと云うと、その蒲鉾屋の向こうの隅で、大の若者が二人で、大きな御影石の擂鉢の中に、蒲鉾の材料になるいろいろな魚（主として鱧）の身を入れて、擂鉢相当の大きな擂粉木（すりこぎ）を交互に使いながら、調子を合わせるために、口を尖らせて、シュッ、ヒュッ、と擂り、口笛を吹いて、ヒュッと擂る。それで、拍子がついて、シュッ、ヒュッ、シュッ、ヒュッ、というように聞こえる。それが、大形にいうと、何か原始的な音楽のように聞こえたからである。シュッ、ヒュッ、シュッ、ヒュッ、という音が、おなじ漆喰場の別の隅の方でおのおの輪を描きながら跳ねまわっている鱧どもの舞踊の、伴奏をしているかのように思われたからである。

さて、もう一つ蒲鉾について、昭和十年頃の話を、次ぎに述べよう。（つまり、今（つまり、昭和二十九年）からざっと二十年ぐらい前の話である。）

その頃、大阪の阿弥陀池に『ナニガシ』という古い蒲鉾屋（これも、製造を主として小売りもしていた家）があった。その『ナニガシ』の老主人のソレガシが、その時分から二年ほど前に、七十幾歳かで、死んだ。このソレガシは、蒲鉾の職人として名人の域に達していたが、たいへんな偏窟で、そのほんの一例をあげると、次ぎのような話である。

『味の素』というものが売り出されたのは、何年頃であろうか。その『味の素』が現れてから、昔からの蒲鉾職人が殆んど皆この『味の素』を使うようになった中で、一人、ソレガシは『味の素』を絶対に使わなかった。

私は、この話をしてくれた『ナニナニ』という友人から、その年の冬の中頃、このソレガシの蒲鉾を送ってもらった。

私は、このソレガシの蒲鉾の味を知ってからは、（ソレガシの蒲鉾の味を知らなかった時分は、）大阪で出来る蒲鉾はどんな店のものでも旨いと思っていた。これは、蒲鉾ずきの私が、東京（と東京地方）でもてはやされている小田原蒲鉾をあまり好まないので、東京で手に入れられる大阪蒲鉾（東京の方では、小田原蒲鉾を唯「カマボコ」と云っているので、大阪のそれを「大阪蒲鉾」という）を不断たべていたからである。ところが、東京で手に入れられる『大阪蒲鉾』は、もとより、大阪で製造されるものであるから、大阪で造られる蒲鉾とくらべると、どこか物たりない、というより、はっきり云うと、まずい。

ところが、大阪の蒲鉾でも、その製造する店によって、うまいまずいのあるのは、云うまでもない。ところで、大阪で製造されるいかなる店の蒲鉾でさえ、このソレガシの蒲鉾とくらべると、どこか物たりない。（もう一度お断りするが、これは、前に述べたように、今から二十年ほど前の、つまり、昭和十年頃の、話である事を。）

さて、これから先きは、十二月の二十三日の午前十一時すぎから、書くのである。

さきに述べた二十年ほど前に、友人のナニナニに、その一年ほど前から、十二月の三十日頃につくように、大阪から、ソレガシの店の、蒲鉾と厚焼と梅鉢とを、送ってもらっていた。

その時分の或る日、大阪で、ナニナニに逢った時、ソレガシ老人が死んでから、その跡とり息子が、蒲鉾その他の物を一さい造っていた筈であるのに、それらの物の味が、ソレガシ老人が造っていたのと、殆んど変らなかったから、不思議な思いをしたので、私が、その訳を聞くとナニナニは、その事について、ソレガシの跡とり息子が、次ぎのような話をした、と云った。

「私（つまり、ソレガシの跡とり息子）は、小さい時分から、親父の仕事を、見習うたり、手伝うたり、しましたさかい、一と通りの事は出来るつもりだッけど、……味ちゅうもんは、そら、『腕』にもありまッけど、もともと、『店』に附いたァるもんだッしよッてなあ。」

私は、この話を聞いた時も、それからも、今でも、「あらゆる食べ物を製造して売っている店は、それぞれ、大なり小なり、みな、伝統のある店であり、その家の独特の『味』を持っているものだ。」と、考えている。

最後に、以上のくだくだしい話を述べてから、私は、今年の五月頃に、大阪に行った時、大阪は、食べ物は、戦前以上に、復活し、発達していたのを、思い出したので、大阪うまれの、『あじ』という人に手紙を出し、今年じゅうに、大阪の蒲鉾と厚焼と梅鉢とを、送ってもらおう、と思った。もしこれらの物を送ってもらえたら、私は、ざっと二十年ぶりで、正月に、大阪の蒲鉾と厚焼と梅鉢を、賞味できるわけである。そうなれば、猶いっそう、「めでたし、めでたし。」と云うべきか。

偽むらさき

花柳章太郎

一

『あまカラ』に連載されている小島さんの『食いしん坊』を愛読してこっち、何んだか刺激され、甘党の片棒を担ぐようになった。

それ程、酒好きでもなかった私であるが、ここ二年程、労働過重で、心臓を悪くし、肝臓をそこねるようになってから、高血圧におびやかされ、煙草も、酒も、果ては、食物さえ制限されるようになった。そんなことから、酒から遠ざかって行き、その代り、いつか甘いものを要求するようになってしまった……。

今迄、楽屋へ届けて貰う、菓子の箱を尻目にした自分が何時か蓋をあけて、ムシャムシャやるようになり、したがって、その方の味覚が急速度に頭をもたげて、甘いものへの興味が湧いて来た。

小島さんのイミテーションですから、ろくなことは書けまいと思うけど、続けて見たく考える……。

*

芸術祭賞を貰った中野〔実〕氏の『明日の幸福』を演って、私のおばアさんが、水谷君の嫁を連れて墓詣りから戻って来る序幕に、立田野の菓子を持って出るが、そのため、ほとんど毎日のように、立田野から菓子を届けて呉れた。

みやげ用の、みつ豆や、さまざまのものの中に、『錦餅』と云うのがある。一口に云えばあべ川だが、一盆、餡が二つときな粉が二つあって食後、又口さむしい時なぞに持って来いの量だ。ただしコレは楽屋で食べるより銀座の店へ行った方がうまい。銀座の店ではフウフウ云うような蒸したてを食べさせる。うっかりしていると、上顎をやけどするから気をつけないといけない。餡をたべ、そしてきな粉を、そして又餡をきな粉にまぶしてたべるのが私の癖である。出来れば餡の甘味をもう少し減らせてもらえばいいんだが、それでは婦人方が納まるまい。

それから『みつ豆』コレハ、東京のどこの店のものより本格である。昔は、私の子供の頃、駄菓子屋にあったものだ。古新聞紙を使った三角の入れ物に、ゑんど豆を入れ、それに蜜をかけたものだった。一包一銭。それからしばらくして、焼芋屋がやったようだ。

焼芋屋は夏場暇なので、ところてん、かんてんなどと、みつ豆をやったもので私の居た下谷の色街では祭りの日など、桜の花のれんをかけて、その短冊に、みつ豆、ところてん、かんてん、葛餅などと書いてあったのを覚えている。

お酌や、若い芸者などの大好物で、踊りや長唄などの稽古帰りに食べているとこを見かけたものだ。そんな中に、自分の好きなお酌が居たりして、甘いほのかな恋ごころで食べあったことも、少年の夢である。だから、その時の芝居の運動場には、みつ豆屋があったものだ。

歌舞伎、明治、市村などで場所柄本郷座には無かったようである。その中で特にうまかったのが市村座。二長町の最も華やかな時代で、菊五郎、吉右ヱ門、三津五郎、勘彌、駒助、芙雀、國太郎、紋三郎、米吉、男寅。開ける度に評判を生んで、他の歌舞伎を圧して居た。

ここのみつ豆が一番おいしく、見物の芸者の好みが窺われ、東西の運動場に一軒ずつあったが、西の運動場の手洗い場の前にあった方がうまく、役者の印袢天を着た老人が、用をすました客に柄杓で水をかけてやる、心附けをやる者には、新らしい手拭を出すと云う現在の芝居には見られない風景があったが、そこのみつ豆が殊にうまかった。中幕をすますと弁当が来て、それをすますと、みつ豆を出方が持って来たりして趣きのあった芝居見物の余徳。そうしているうち……ほのかに夕闇が迫って来る時分に、二番目があく……。髪に役者の簪を挿した娘やお酌。蝶々をつけて居れば播磨屋。菊のものは六代目と一と眼でそれと見分けられたゆかしい時代がなつかしい。

私はその頃から文士に可愛がられ、田村俊子さんや、岡田八千代さんによく連れられて、市村座へ行ったが、田村さんも、岡田さんもみつ豆が好きで食べたものだ。

みつ豆は、近頃フルーツが入っているが、アレは場違い。パインアップルがあったり、桜ん坊、バナナなどがのっているとゲッソリする。

春色やみつ豆の餅紅白に

そんな句をいつか作ったことがあるが、みつ豆は豌豆に限る。私が大部屋時代から、少し世に出た頃（大正七八年）には、そろそろみつ豆に本格なものが無くなって、浅草の六区伝法院前の舟和と、本郷駒込の梅村と云う家がうまかった。浅草へ映画を見たかえりに、よく馴染の妓（よし町や柳ばし、新橋）を連れて金田で鳥を食べ、わざわざ本郷迄、みつ豆を食べに行った事があった。

二

みつ豆の続きをかく……。
昔のみつ豆は、ヱンドウ豆に赤蜜をかけ、あんずと、紅白の餅が三つ四つ散らしてあっただけで、ヱンドウ豆と、あんずのあま酢っぽさと、餅のねっとりとしたものに、寒天の水っぽさが調和して、下手ではあるが、何んとなく、下町の味がして、吾々下町っ子に親しみを感じたものだ。しかし近頃の餡みつと称するものは、甘さを強調しすぎ、あくどくなっている……。戦後の人達の味覚の下落した証拠である。酷いのになると、グリンピースを豆に使っている店があるが、あればかりは黒いヱンドウ豆でないと味が出て来ない。

　フルーツと、みつ豆とは自ら個性が違う……。その点、立田野の老主人は、浅草の梅園の主だけに、そんな場違いは作らない。昔通りのものを食べさせてくれる。私が立田野を愛する所以だ。

　それに、娘さんに養子さんを迎え（この若主人が帝大出）夫婦で人形町の梅園をやっていたが、戦後銀座へ迎出。立田野の別名で甘いもの屋を始め、老主人は浅草の梅園を長男氏に任せ、銀座で采配を振っている。私はこの主人が好きで、芝居でも演舞場の時なぞかかさず毎日食べる。八重ちゃん（水谷君）も立田野党で必ず誘い合って食べる。少し遠くとも明治座の場合、電話をかけると、三個入りの携帯用のサックで届けて呉れる……。こんな事を書いていると、急にみつ豆が食べたくなって、銀座へ出たくなったから是から出掛けよう……。

両国

焼鳥のうまい家を紹介しよう……。

伜の喜章は、大の焼鳥ファン。蔵前で柳ばしの自宅を出た電車通りに、うまい焼鳥の屋台が出来ていて、芝居がえりによく寄る。

それで、私も牛に曳かれて二、三回行ったことがあるが、女形の立食いも体裁が悪いので彼程足は運ばなかった。

うなぎと云い、焼鳥といい、殊にうなぎ程強烈でないだけ、焼鳥は尚お食慾をそそるものだ。焼とりでも、うなぎでも備長（びんちょう）（俗にバメの小丸と云うそうだ）の真赤な炭火の焰の燃える中にタレを付けて焼くあの団扇の叩き方が技術らしい。拍子をバタバタ取って居る間に焼くのだが、熱している手をさますのがコツらしく、火を煽って焼けた鳥をひっくり返えす、そして団扇で間をとっている。コッチは、一杯きこし召し乍ら焼上るのを待って居るたのしさは、最も現実的で生甲斐を感ずる……。

そしてこのおやじは、大の芝居好きで、彌生（やよい）会と称し、何処の芝居も木戸御免。会員は十七八人で、歌舞伎、新派を問わずに声をかける。故人十五代羽左ヱ門なぞよく此の人達と附合ったそうだ。

会社員、錺(かざり)職、箱屋、八百屋、飲食店と云う具合に、種々雑多な商売の主人が三階から声をかける……。

どうも日本の芝居は、昔からの習慣で化粧声が掛らないと芝居が引立たぬことが多い。羽左ヱ門(いちむらさん)、鴈治郎(なりこまや)なぞ、声がかからないと俺は人気が落ちたと悲観して芝居に活気がなくなり、女房や男衆が心配して、芝居通(つう)の人に頼み声援して貰うのだそうだ。

私は戦争中、東劇で吉右ヱ門(はりまや)の壬生村の五右ヱ門を立見したが、床(ちょぼ)が「石川五右ヱ門」と呼びをかけているのに、「ハリマヤ」とも「大ハリマ」とも三階の客が声を掛けないのだ。何んと云う間抜けな見物(けんぶつ)だと思って、思わず「播磨屋」と声をかけてしまったことがある。

新劇は知らず、歌舞伎には見得と云う演技のクローザップがある。そこで声援しなければ芝居は死ぬものだ。

三

屋台の主人は、両国と云う屋号で、国技館に角力のシーズンの時店を出して居たものが、戦後国技館がアメリカ軍に徴発されたため、ほんの少しの間の身すぎにやって居たのだったが、程経て本所の東両国、国技館の筋向うへ家を建てて本格に、蒲焼と焼鳥の店を出した。

屋台からの馴染で、喜章はよく両国へ行き、やがて「如月会」の人達とも親しくなり、したがって、市村さん亡き後、私がその連中と附合うようになった。

蜆貝(しじみがい)の私は、(蜆貝と云うのは江戸ッ子特有の見得坊の癖に恥かしがり屋で、人中へ出るのをハニカムのでこうしたニックネーム)あんまり食物屋へ行かない、そんなことで滅多に食物屋を漁らないがうなぎ、すし、蕎麦、そして焼鳥は時々食べにゆく……。

両国で、もう一つうまいものがある。それは旅行する時には必ず持ってゆく、炒親子の弁当で、玉子を炒って、それにそぼろと二色。ほかに、ツクネが入って居て生姜を利かせて食慾をそそる、私は旅立ちの時、親子四人窓外の景を看に、それを食べるのがたのしみ。

如月会は、その後彌生会と改めて現在でも大向から、盛んに声援し、芝居を娯しんで居る。

鳥長の焼鳥

銀座の立田野から新ばしへ向いて、資生堂を右へ廻ると、二つ目に新橋見番がある、そこを左へ廻ると井上薬局と云うくすり屋の路次に、鳥長と云う焼鳥屋がある。

この間、中野実さんに芝居の打合せで、八重ちゃんと、大矢〔市次郎〕君とで行った帰えり「トテモうまい焼鳥があるから」と云うので連込まれたのが、その家。

折柄、満員の客、モウモウと焼鳥の匂いが、酒の香と満ち満ちて居て、焼台の前のカウンターもまた、どこの椅子も客で一杯。二畳ぐらいの坐る処がややあいて居た。そこへ四人が押合って陣取った。

鳥だんご、肝臓、皮目、ホルモン、合鴨、と云う具合に次々と焼いた鳥が運ばれ、大根おろしに柚子を交えたものをつけて食べる訳。茲の主人も芝居好きで、喜章がよくゆくらしい。いつか楽屋へも届けてくれたが、折詰でさめていては、のびた蕎麦と同じで、どうにもならなかった。焼きたてを食べなければ、うなぎ、すし、共に意味をなさない。

八重ちゃんも、大矢君も夢中で食べる。皆十本ばかりまたたく間に平らげてしまった。酒も焼鳥だとハズム。今迄たべた焼鳥を上廻る美味である……。

大坂屋の大福

話が又飲む方へ戻ったから、甘い物の方へ返えそう……。

三田の慶應義塾の先きの映画館がある大通りを白金の方へ出ようとする角から二、三軒目に大坂屋という菓子屋がある。そこの大福が私は好きだ。

一体私は、気取った、そしてあんまり凝り過ぎた菓子より、昔から変に取すまさない菓子が好きで、空也の空也ぞうし、うさぎやの最中、梅花堂の切山椒、そう云うたぐいを好む。

大坂屋はもと、日本橋にあって、秋色ざくらで有名な女俳人、秋色の生家である、何代か続いた旧家。

東都のれん会の連名で、茲の主人もよく芝居へ見える、その度毎、私が好きなのを知っていて大福をみやげに呉れる。豆（豌豆）と餅と餡の工合がトテモ野趣があって、嚙むと得も云われぬ味がある。芦田先生（均氏）夫人共に好物で、楽屋へ見えると「大福ないの」とたずねられる程だ。

夏はあんまり造らないが、春先なぞよく持って来て呉れるので、何時（いつ）も私はそれを待つ訳である……。

四

あさくさの妓（ひと）の持ち来し桜餅

花見月の芝居の頃、よく浅草のげいしゃが、楽屋へさくら餅を届けて呉れる……。

青い籠の上に、さざ波に散る桜の花ビラを、そして水の上には、都鳥が水に浮んでいる上包のこも紐に結ばれた様。江戸の名残りのさくら餅。明るい電灯の鏡台脇に置かれてある。

もう二十年も前のことだが、大矢君の連中（組見）の時必ず届けて呉れるその主は、大矢君のお母さんからだ。心づくしの『おくりもの』である。

大矢君のお母さんは、幾人かある子達の中で、殊に大矢君が可愛く、亡くなられた伊井蓉峰先生と私だけへのみやげだ。大矢君がまだ向島の三囲境内に居た頃から、程近い長命寺迄買いに行って持参に及ぶもの。伊井先生が亡くなられる前、お見舞にゆくと、はしなくも、その桜もちの話が出た。

丁度八月の夕刻、伊井先生のお宅は向島の水神の八百松と脊中合せ、すみだ川から添った処で、千坪余程の庭があり、その三分の一は大きい池で囲らされて居る。薄れる夕陽に涼風が蒼空を流れて、池には蛙の声がしきりだ。なるべく病気の話に触れないようにして、食物の話なぞで気をまぎらわせているうち、さくら餅を持って来て呉れる大矢君のお母さんのことに及んだ。先生は、

「大矢の母親の持って来る桜餅は、駒形へ越して来てもまだ、あの交通の劇しい雷門から吾妻橋を渡って、長命寺迄自分で買いに行って届けて呉れるんだから、おろそかに食べちゃァいけない。心して味いたまえ。」

そう聞いて私は、コレハよくよく好意の籠ったものだと思ったもんだ。

長話をして、私が向島をお暇したのは土手下の氷屋のラジオが、気象通報をして居たから、もう更け初めた夜気がクルマの窓硝子から顔を撫でる頃だった。

それから十日と経たないうちに、伊井先生の危篤の電報を伊香保で受けたのだった。

大矢君のお母さんもその年の十月。伊井先生と三月位の差で、八十才の高齢でこの世を去った。

浅草の妓(ひと)が、持って来てくれる『さくら餅』の籠を見る度に、大矢君のお母さんを偲ぶことになる。

灯の下にみやげやさくら餅

虚子先生の句。

云い得てあまりない、春宵千金のけしき。あの籠からの淡い、あまずっぱい桜の葉と餡のかおりは、東京の昔の匂いである。

五

天民

小島先生が、正月号に天民（てんたみ）のことを書いて居られた。同じ下谷ッ子である私も、天民ファンの一人だった。同じ家台で一度や二度は顔を合せたこともあるだろうが、私もまだ大部屋時代、小島さんも学生時代と来ては、両方共に記憶がないようだ。

コレハまだ、小島先生にも話してないことだったので報告かたがた書く……。

私の兄の中村兵蔵（姉の聟、歌舞伎座長唄の立唄）の父は、天神町で、喜楽家と云う芸者屋をしておりました（兵蔵の妹のつるが故人名人の村田正雄の妻になった人）。ツマリ兵蔵のお父さん（この人は植木店の先代六翁。その弟が岡安喜三郎、その弟であった）。少しややこしいが、現在の六左ヱ門のお父さんとは叔父甥に当り、六左ヱ門と兵蔵とは従弟である。

私は少年時代このお爺さんに連れられて、講釈や落語を聞き、そして必ず帰えりには、うまい物屋へ連れて行って貰ったものだ。山下の釜屋、神田の中川、遠くは四谷の三河屋の牛、鳥竹、ぼたんの鳥、やぶそば（連雀町）、神田川のうなぎ、しのぶ川、笹の雪の豆腐、浅草の大金、金田、と云う具合に、鈴本、本牧、金車、小柳、立花亭、並木と云うような寄席の帰えりには必ず連れて行って貰った覚えがある。

天新の発見者なぞも、おそらくそのお爺さんではないだろうか。……何故なら天新の何女かしらないが、名前はお時チャンと云った。その娘を天新から貰って、村田夫人になったおつるさんの妹にした。お時チャンは、器量はあんまり良くはなかったが踊がうまかった。子供心にもうまいなアと思って浚って居るのをよく見たものだった。この人は、姉が村田夫人になってから、この間死んだ村田正雄の女房になったが早世した。そんなことで、天新が松坂屋横に出て居た時を知って居る。

十一時過ぎると、新富や真砂座が閉場した帰えりの伊井先生が馬車を待たせて天ぷらを立食して居るのが評判だった。丸に井桁の紋の付いてる湯呑が、伊井先生常用のもので、夜更けて仇っ気な伊井贔屓の芸者は、その湯呑みで茶碗酒をあおいで祝儀をはずんだと云う噂があった位いだ。

後に天新は青石横丁、伊予紋の手前へ一軒家を持った。それから、七八年経って天民が松坂屋の前の電車通りの湯島天神男坂の通りに貯蔵銀行があり、その前に夜になると屋台を出した訳である……。

天民を始めて私に教えたのは笹本甲午である。最も笹本と云っても記憶に残って居ない人もあろうと思うが、松井須磨子が文芸協会から離退して、島村抱月と芸術座を興した時その座員になった新劇俳優。始めて見た時、モンナバンナの兵隊に出て居たり、メーテルリンクの内部で老人を演って評判がよかった。後に歌劇盛んな頃の木村時子と結婚して後早世した。

伊庭孝、沢田正二郎、加藤精一なぞとやや後輩だが将来を嘱目されて居た男だったが、私と仲がよく友達になった。この笹本が湯島台の下宿に居たので、私はよく彼の宿を訪ねて劇論をしたものだ。どんなに議論をしても、決して喧嘩はしなかった。

この男が男坂通りに、天ぷらのうまい屋台があると教えて呉れ二人で出掛けたのが病みつき。三日にあげずに食べに行ったものだ。若い時分、新派の将来に不安を感じて、新劇へ志して文士に近かづいたのも彼に依る処が多かったためだろう。

六

須磨子の芸術座が、だんだん職業的になったと云って笹本始め多くが脱退した。澤田が、まだ新国劇を興さぬ以前のこと。

俳優学校の卒業生稲富寛、岩田祐吉や神林季三、諸口十九、宇田省三、それに武田正憲、私なぞで、吾声会を継続したり、新日本劇を川村花菱氏と作ったり、悶々とした若い闘士は、その頃盛んな新劇熱に、野望を燃やして居た。

私はそれから、しばらく師匠と流浪の旅へ出。三四年、東京での公演は、ほとんど出来なかった。その後宇田、神林、笹本なぞも師匠の一座へ入って一緒に漂泊の旅役者で過ごし、真山青果先生の斡旋で東京松竹へ帰り、いわゆる伊井、河合、喜多村の三頭目時代となった訳である。

その間に貯蔵銀行の大戸の閉ざされた処に居た天民（てんたみ）は、三角形の空地の交番の後に移って居た。天民は食通の評判になり、グント客が殖え、役者、落語家、その他の芸人が常客となっていた。

私が、そのうち幹部になり、八月の芝居休みのある夕方、矢の倉の福井楼へ客に招ばれて行く時、グレーの縞明石に、納戸紗の羽織を着て、一ぱし花形らしい装いで天神下の停留所に電車を待って居た。湯島の切通しの坂を降りた電車は、私一人の姿を見て、無停車に走り去ろうとしたので、私は無性に腹がたち、車掌台へ飛乗り、イキナリ「客が居るのに、留めないのは怪しからん！」と云うがいなや、車掌を張倒した。

考えると、無停車で走ったのは運転士で、車掌は知らないこと、当然撲(なぐ)った私の方に理も利もなかった訳。しかし私も負けてはいず、「車掌が運転士に、停車のベルを引かなかったのがいけない」と、詰(なじ)ったが、車掌は交番へ行けと云ってきかない。よんどころなく私は車掌と一緒に天民の前の派出所へ行った。

丁度夕方のラッシュ時で、尻尾の無い野次馬が黒山の様に勝負如何にと集って居る。結局、撲った私が悪いと云う巡査の判決で、あやまり証文を一札かくことになり、交番の硯で、巡査に借りた半紙へ書くことになった。あんまり器量の良くない有様。若い役者があやまり証文を書いている図は女惚れのしない姿であったろう……。

そこへ天民夫婦と、落語家のさん馬（現在文治）と女形の菊次郎とが人込みを掻分けて来て巡査に「この人はそんな悪人ぢゃァありません」と立証して呉れたんだが、その言訳が不思議だったので群衆がドット笑ってしまった。私は顔から火の出る思いで人込みの中へ紛れ込んで遁走した。若い時分の失敗話。

天民は、小島さんの書かれたように、実際天ぷらの名人であり、しまいには、六代目も行けば、伊井先生もと云う工合で暮らしも楽になったようだ。それでも天新の様に一軒店を出すようなことを聞かない。何年か後、たしか、四万（しま）温泉だったと思う、伊志井君と夏休みに行っていたら、私の処へ果物を沢山届けて来たので、誰かと思ったら天民であった。裕福になった彼は、昔の貧弱さは消え、ドッシリとした貫禄があって頼母しく思える人柄で、「お蔭さまで、夏には保養も出来るようになりました」とニコニコして居た。

それからトントン音沙汰もなし、又天民のあれ程うまかった天ぷらの噂も聞かないようになってしまった。夫婦共、この世を去ったのではあるまいか、惜しいことをしたと思って居る。

七

もう三十年も昔。鏡花先生の全集が、春陽堂から出版されることになり、小山内、谷崎、里見、佐藤、久保田、芥川、吉井の諸先生が世話役で、芝の紅葉館で出版記念会があった時、私も末席を汚した。盛大な会であり、悉く、集る者鏡花崇拝の者で、その全集を欣び寿ぎ、且つ酔った訳である。

泉先生のサノサ振りを始め、諸文士が盛んに隠し芸の陳列に依って更に宴タケナワに至った。そのうち、芥川さんと、私と、久保田のおやじが三ツ巴になって飲んで居るのを誰やらが「サンドウヰッチ!!」と弥次った。と又、「サンドウヰッチにしては中身が悪い!」と二の矢を継いだ皮肉者がいた。成程、中身は役者で落ちるのである。私はヒヤッとした。

「野菜サンドだってあらア……」と自嘲して笑った覚えがある。三十年以前だがサンドウヰッチを前にして良く思い出す皮肉な諧謔である。

＊

サンドウヰッチは、各家庭で簡単に出来るものだが、専門店で造るものより素人手製のものにうまいのが多い。材料の自由さと、真実が籠る点で、家庭手製にえも云われぬおいしさにぶっ突かる。殊に洋行した人の奥さん手製のものはビックリする程うまいものがある。

私の知人の岡庄吾さんの奥さんの製作にかかるものは、何処の店のものより上廻ることおびただしい。パンもうまい。コンビーフも、ハムも、チーズも何処で食べるものよりもズバヌケて美味だ。岡さんが芝居へ見物に来るのが待ち遠しい程だ。ところがその奥さん、伜さんの教育のため一年の内ほとんどアメリカで過すので、年の内一二度しか帰えらない。サンドウヰッチを待つこと、御亭主の岡さん以上。それに又お菓子がうまい。元来私は、洋菓子はあまり好まないが、岡夫人の作ったものは、何をおいても三ツ位またたく間に平らげてしまう……。今年はまだその傑物に打突からない。

サンドウヰッチの専門店では、銀座四丁目の鳩居堂の真後ろに、ジャーマン・ベーカリーと云う家が戦前迄あって、チョコレート・黒・普通と三種に、ひき肉、魚、ビーフ、ベーコン、ソーセージ、ハム、チーズなぞを抱き合せたもの、これも普通の三倍位の大きさのものを食べさせた。

偶然、其処を発見した時の欣び、歌舞伎、東劇、演舞場の時は、たのしんで食べたものだ。ところが戦後その店がなくなってしまったのには失望おくところ無しで、もうあんなうまいサンドウヰッチは食べられないし、岡夫人は帰えらないし、千松以上のあこがれで居た処、有楽町の駅近くに、ジャーマン・ベーカリーと云う看板を見た時には小躍りして喜んだ。入って注文すると、普通何処にでもある奴なんで、「君んところのを食べさせろ」と云ったら、「店のはこの他には御座いません」とウェートレスが嚙んではき出すように云う。口惜しいから食べずに帰えったことがある。

と、家の弟子が、「これでしょう……」と云って持って来たのが、戦前と少し味は落ちるが、昔風の物で、ウムを云わず食べてしまった。

ジャーマン・ベーカリーは、代は変ったのだそうだが、コックが戦前のが居て昔のファンにだけ作って呉れるのだと弟子が云った。そのコックは自由勤めで、午後でないと仕事をしないそうで、私の行ったのは午前中であった。

＊

小島さんに刺激されて、食物噺しを少し続けてみましたが、七回位でと云う御註文だったので、この辺で羽織を引きます。

偽むらさき、縁りの色のさめぬ間に筆を置いた方が器量がいいかも知れません……ヘイ御退屈さまで。

鮨のはなし

佐藤春夫

鷗外先生は令嬢たちに対して「おすもじ」などとは決して云わせないで、必ずすしと云えと仰言ったという。おす文字はもと女房言葉で、云わばスの字と云う符牒みたいな云い方で、決して上品な言葉ではないのを上品ぶって使うおろかしさをたしなめられたものと思う。国語のみだれている今日だからみんなにもおぼえて置いてもらっていい事と思って書いた。

僕は子供のころから母や叔母などのいわゆる「おすもじ」が大好きで、母は後年まで僕のわがままをたしなめては、「何しろおしるこをこしらえてやればさんざ食べたあげくに、おいしかったとも云わないで、今度の時はおすもじをこしらえて」と云うし「おすもじの時には今度の時はおしるこを」という子であったからとよく僕を苦笑させたものであった。

父は酒飲みで母はそれに悩まされたものと見えて、僕にはおすもじよりおしるこを食べさせたがったものか、甘党にしようと思ったのにやっぱり酒を飲みはじめたと歎かれた事もあった。しかし本来は甘党で酒は体質に合わなかったと見えて二十代の一時期以後、酒は自然とやまった。そうしてその頃にも両刀つかいで羊羹などは一竿ぐらいペロリとかたづけたし、酒の後のおしるこは特に結構であった。

中年になると毎日平均五六人ぐらいのお客のお相伴をして、いつも客と同じく菓子を食べていたのを、酒好きの医者に見咎められ、「おやじに毎日、そんなにたくさん菓子を食わせてどうするか」

と女房が叱られたものであったが、それもいつのころからか自然と甘い物をあまり好まなくなった。——と云って僕はすべて好きなものは二人前、好まないものは一人前食べるという建前であったが、老来体の要求かお菓子はこのごろ一人前でなく半人前ぐらいになり、その代りに以前は半人前ぐらいであったくだものを二人前要求するようになった。

母の云い分ではないが、一生甘いものをさんざんたべて食べ飽きた末であろうか、近年甘いものを食べなくなって以来、むかしから好きであったお鮨が、何よりの好物ということになった。

お正月には毎年北海道の弟が鮭の鮨をつけて貢物にしている。母の在世のころは僕が好きだと云うので正月になると紀州からなれ鮨を一樽送ってくれていたのが、晩年になって面倒になったのか、女房にその製法を伝授して米の外の材料だけを一式、というのは塩魚と樽それに鮨の間に敷く歯朶まで副えて送ってくれていた。歯朶はうら山にあるのを採ったのであろうが、東京まで送られてくる間にすっかり枯れしなびてしまったのを水を注ぎ水に生けるとピンとなった。歯朶というものは勢のいいものである。おかげで毎年秋刀魚や鰺や鯖でなれ鮨をこしらえて客にめずらしがられていたのを母の亡くなって後、戦争になって魚も不自由になるし、故郷から塩魚が来なくなって二三年休んでいる間に女房はせっかくの母の伝授を忘れたものか、それとも樽にある菌が死んだのであったか知らないが、一昨々年も一昨年もできそこなった。一昨々年のは明かに石の重さが不適当であったのだし、一昨年のは樽の置きどころが寒すぎて菌が凍死したのかと思う。大好物が毎年食べられなくなって困った話をして、新宮から送って貰おうと店をさがして貰って置きながら昨年は九州の旅行などでぐずぐずしていたら、新宮の有志から贈ってくれたのが甚だよかった。秋刀魚と鮎とであったが、本来上等になっている鮎は駄目でやはり秋刀魚の方がよかったから、今年は秋刀魚やムロ鰺や鯖を頼むつもりである。以前熊野川の鮎は九州球磨川のものとともに天下の双璧と呼ばれていたのが、近年放流魚になってしまってとんとお話にならないのである。

ムロ鰺や鯖は身が厚いからなれ鮨の魚には最も適しているが、熊野はやっぱり秋刀魚が最もよい。熊野の秋刀魚などあぶらが落ちてうまい筈はないとか何とか小島のマー坊が利いた風な事をぬかして居ったようだが、熊野の秋刀魚は食べて後に大根おろしを食べなければいやなゲップの出るような東京の秋刀魚のようなへんなあぶらなんかなくて滋味だけがあるのである。魚の味を論ずるのに成程あぶらが乗ったという言葉もあるが、あぶらが浮いたという言葉もあるのをご存じないか。この一知半解野郎め。半分腐ったような魚を何代か前から砂糖でごまかして食って来て、野菜でもしなびたのを食わされている東京人に何の食味がわかりますかい。本当にうまいものを食べているのは農村漁村の天下の田舎者ばかりさ。オットこれは失礼。

江戸ッ子の食味を論ずる愚説は唯今は割愛する。何しろ鮨の話の先を急ぎますから。

なれ鮨と云っても大方の諸君子はご存じあるまいが、鮨屋の弥助どん（と申しては勿体ない、あれは平家の公達）の持って出るような樽に、「かみなりの落ちたるものを鮨の石」（？）とか何とか云う漱石の鮨の石を重しに乗っけて三週間ほど樽のなかに米と魚とを交互にというより姿ずしにした米と魚とを積み重ねて、その間に葉蘭なり歯朶なりを入れて仕切って置いたのが自然醱酵して、チイズ菌なんかよりもっと上等な味の菌が発生して腐敗を防ぐわけで、夏の中、水の流のなかに樽をつけて置くのが本当らしく、俳諧の季題では鮨は夏のものらしいが、僕の家では寒中につくっていた。水にもさらさない。以前は全国にあったものらしく、今は全国的に似たようなものがある。北海道の鮭ずし、秋田のはたはた鮨、近江の鮒ずしもそれであろうし、その他、地方地方に多少形が変って残存していると思う。

今日の握ずしは早ずしと云って、もと漁場で手つだいに来た他村の人に弁当代りに食べさせたものとか聞くが、その真偽は知らず、ともかく醱酵した菌の味を酢で真似て即席にお手軽にこしらえたことは確かであろう。僕は食べる方が専門で、鮨の考証学者ではないから間違いだと云う人が出て来たら、いつでもこの説はひっこめるに吝(やぶさか)ではない。

地方に残存する変った鮨の一つとして、佐久には雑魚(ざっこ)鮨というのがある。一名をむぎわら鮨とも云うのはむぎわらの出る季節にだけあるためであろう。雑魚とは一種のどじょうで、大きいのでせいぜい小指ほどの大きさのものがみな卵を持っているから成魚に相違ない。それが水の適当な一定の田にだけ産卵に来たところをつかまえるので、からだには、矢羽根のような模様が入っているので、切目泥鰌とも呼ばれている。以前はたくさんあったのが年々少くなって行って、近年では化学肥料のために幼魚は育たなくなったというから何(いず)れ遠からず絶滅してしまうかも知れない。この雑魚をしょっぱく煮たのを飯に乗せ、すしの箱に入れておしたものに木の芽をそえて食べるのは、一種朴訥なうちに雅致のある自然と人工との調和の妙を極めたうまいものである。疎開生活中、何らの幸運ぞ雑魚の来る田を持った人と親しくなって、季節の到来毎にとても食べ切れないほど沢山贈られて喜んだものである。その後も季節の到来毎に食いしん坊の夫妻常にこれを話題にしない事がない。戦後ソビエットの抑留から帰って来た人が我々の雑魚鮨を讃美するのを聞いて大に喜び、これで数年来のうっぷんが晴れたと云う説明を聞けば、彼がシベリヤの抑留中で同僚たちとうまいものの噂をして村の雑魚ずしを云うと、同僚たちが鼻であしらい冷評して、「何のそんなものうまいはずがあろうか。キサマ信州の山の中で育って満足なすしも食わないので、そんなへんなものをうまいと思い込んでいるだけだ」

と一同から笑われて、なるほど或はそんな事かも知れないと自ら恥じ入っていたのが、今日先生夫妻から思いがけない裏書きを与えられた。あの時の奴らに一々そう云ってやりたい程ですよ。と云うのであった。もしソ連の抑留中で枡沢中尉（名は龍吉）の雑魚鮨の発言を笑った人がもしこの文を見たならば汝のもの知らずを恥じよ。

胃弱者のたべもの観

正宗白鳥

私がパリにいた時、或所で、「パリの料理もうまくはないね」と呟くと、それを聞いた或画家が、「フランス料理が世界じゅうで最もうまいことは世界じゅうの定評になっているので、それは認めなければならぬ」と、私をなじるように云った。その説に私は反抗しようとは思わなかった。私は自分の舌の味覚を信用していない。万人のうまいと思うものをうまいと感じられないのであろうと、つねに思っている。

この頃の洋行帰りには、国粋党が多いらしく、いろいろな方面で、日本の方が西洋より傑(すぐ)れているらしく力説しているのを、私は耳で聞き、目で読んでいるが、たべ物でも日本のものがうまいと云っている人も多くなったようである。

西洋料理でも、パリなどの本場の西洋料理よりも日本の西洋料理の方がうまいと、確信を持って云っている人も少くないようである。文学でも、フランス文学やイギリスの文学など、本場の西洋文学を、その国の言葉で読むよりも、日本で飜訳された西洋文学を読む方が遥かに面白いといっているように私には感ぜられる。私などは少年の頃から西洋崇拝の悪習に浸み、文学でも西洋を有難がりながら、西洋語は六カしくて徹底的に翫味し得ず、日本訳で西洋文学を味い、それで味ったつもりで今日に至ったのである。西洋料理だって、その真味が、私などの持って生れた舌の味覚では味い切れないで、従って、西洋の西洋料理よりも日本の西洋料理が自分の舌相応と云うことになっているのではなかろうか。

私などよりも、舌の感覚がすぐれている人々でも、幼少時代に飲み食いした物の味は忘れられないで、その味い方が一生を支配するのではあるまいか。日本生れの日本人は、早くから日本の食物をうまく思うように習慣づけられ、シナ人はシナ、インド人はインド、アフリカの土人はその土人の故郷、それぞれに幼少期に生れ故郷で味ったたべ物によって舌の味覚を養われて、一生その支配を受けるのではあるまいか。だから、絶対的の意味で他国の食物を批判することは出来ないのではあるまいか。

しかし、不思議な事には、私はフランスでパンだけはうまいと思った。嚙めば嚙むほど、パンのうまさが、その云い知れぬうまさが浸み出るように思われた。質のいいうまい白米で幼少期を育った私であるのに、その白米食とちがった、しかしそれに劣らぬ新しいうまさを、フランスに於けるフランスパンに感じたのは何故か。

私は、早くから胃腸が弱いのだから、さまざまな食物を完全に味う力を、はじめから欠いでいるかも知れない。意識的にも無意識的にも、消化のいい物を選ばんとする傾向があり、不消化物よりも消化物に食味的価値を置こうとするらしい。時としては、梅干にお粥を、日本に於ける絶好の食物と感ずることもあるのである。

私は、十歳代の終り頃はじめて上京したのだが、東京で最もうまいと思ったのは、天どんと、餅菓子とであった。胃に悪いから、そんなに多量に食べはしなかったが、兎に角こんなうまいものはないと思ったことが、ちゃんと記憶に残っている。無論どの天ぷら屋のがいいとか、どの菓子屋のがいいとかの区別はなかった。手当り次第でいいのであった。

二十代の半ば頃から、京橋際にあった読売新聞社に毎日出勤するようになってから、午餐には、よくビフテキを食べる癖がついた。近所の日進亭という小さな洋食屋から持運ばれるので、代価はパン附十七銭也。今日では、どの洋食屋でも、こんな大きいのは出さないだろうと思われるほどに、分量がたっぷりしていて、そのうまい事といったら、古今に類無しといった有様であった。

私自身は、例の胃病のせいもあって、食道楽ではなく、自腹を切って、高級な料理屋へ入ることはなかったが、新聞記者としていろんな所へも招かれ、うまい料理を饗応された。昔は、宴会へ行くと、膳のそばに折箱が置かれるのを例としていた。蒲鉾やきんとん、鯛の塩焼なんてものには箸をつけないで、折に詰めて持って帰るのが例になっていた。これは家にいてまずい物ばかり食っている妻子の口を潤すことになるのだから、美風と云うべきだが、私は新聞記者時代は終始下宿住いだったので、ぶらぶら提げて出た折詰を往来へ投棄てることが多かった。勿体ない話である。

洋食では、上野の精養軒へはよく行った。当時西洋料理屋として第一流であったが、今回顧すると、昔は宴会の時の料理の品数が実に多かった。コロッケだのキャベツ巻だのと、翻訳的西洋料理も出るのだが、スープを除けても、五皿六皿七皿と続々と持出されるのを例としていた。私は、胃弱のため、そんな多量の肉食は敢てし得ないので、皆んなが食べつくすのを、いつも不思議に思って傍観していた。水滸伝の豪傑の暴飲暴食を見ている感じがした。

去年、京都で、郊外の或川魚料理屋で饗応された時には、鯉こくだの、鰉だの、鮒だの、幾種類の川魚料理が出て、胃弱の私は、それでいい加減の満腹を遂げたのであったが、それに引つづいて、茶碗蒸し、鰻の蒲焼、天ぷら、その他がごてごてと出て来たので驚かされた。私は、これだけあれば、私一箇に取って、一週間の食料になると、思い思いじっと見ていた。

私は、自分の胃に重くるしい思いをさせないで、快く腹を充すために、梅干とお粥を思出すことがある。フランスに於けるパンとコーヒーとを思出すことがある。それで私は、自分ではいろんな食物の微妙な味いを判別する素質も鍛錬もないことを知っているので、他の美食家の食通の所説に服従することにしている。あしこの鰻がうまいと食通が云うと、その説に従ってうまいと思って食べる。あしこのスシは抜群であるといわれると、生れながらスシを好まない私も、強いてうまい思いをしながら食べて見るのである。

人生此くの如し。

甘い野辺

浜本 浩

子供の頃、私は菓子を食べたことがなかった。家が貧しかったし、また私の郷里の土佐の国では、その頃まで勤倹質素を旨とする風習が残っていたので、菓子はぜいたくなもののように考えられていたからである。

菓子を禁じられた子供たちは、いろいろと代用になるものを探して食べた。それは私たちだけではなく、どこでも田舎の子供なら同じことかもしれない。早春には、まず芝の地下茎を噛(か)んだ。糖分を貯えて越年した若い地下茎である。茅(ちがや)の穂のツバナは無味淡白だったが、噛めば舌端に甘い後味が残った。芝の地下茎も、茅花(つばな)も、日当りのよい土手の斜面に自生した。

野薔薇の若芽は、好んで食べる子供と、嫌って食べない子供があった。したがって、その甘味は一般的でなかった。いつぞや銀座あたりの喫茶店で、何気なく卓上の砂糖をなめていたら、もう五十年も前に遊んだ故郷の野辺が、ふと瞼（まぶた）に浮んできた。つまり野薔薇の若芽と、間の抜けたビート糖の甘味にはどこか似通ったところがあるからであった。

子供たちが、いちばん糖分を要求する夏の季節になると、幸いなことに、私の故郷では、山野の至るところで、お菓子の代用になるものを発見することができた。

高知市外の潮江（うしおえ）天満宮には、椋（むく）と榎（えのき）の並木があった。大粒で肉付きのよい椋の果は小粒で色の美しい榎の果より、はるかに甘く、一合も食べたら、結構おやつの代りになった。私たちは、学校から戻ると、何を置いても天満宮の馬場へ飛んでいった。

昨年の夏、私は五十年ぶりで、天神様の土手に立つことができた。椋も榎も昔ながらの枝ぶりで、登るときに足をかけた幹の瘤（こぶ）まで、その頃のままに残っている。だが、このごろは、菓子の代りに木の果を食べる子供たちはいないと見え、熟れ落ちた木の果が土手の下草を埋めていた。

中学生の頃、高知市から十里離れた海岸の町に住んだことがあった。そのあたりは砂糖の産地で、浜辺から裏山にかけ、いちめんの甘蔗(かんしょ)畑であった。春の初めに植えつけた甘蔗苗が、夏になると六、七尺にも伸びる。私たちは海へ泳ぎに行ったついでに、甘蔗畑へ忍びこみ、よく肥(ふと)った茎を折りとって、歯ぐきや唇を傷つけながら、噛んだものである。茎の青い在来種より、茎の紫色をした台湾黍(きび)のほうが水気も多く甘かった。

そんな時に、たまたま畑の土が柔らかく湿っている所を見つけることがあった。掘ってみると、卓球のボールほどの海亀の卵が、二十も三十も埋められているのだった。夜間に上陸した母亀が土を掘って産み落したものである。殻の柔らかな亀の卵は、その場で食べるわけにいかないので、麦藁帽子にいれて戻り、焼卵にした。臭気があって、うまいものではなかった。

川原へ泳ぎに行った時は、川岸の藪(やぶ)に咲いた忍冬(にんどう)の花の蜜を、むちゅうになって吸ったものである。すいかずらとも呼ばれる、忍冬の白い花の、懐しい芳香が、半世紀を経た今でも、鼻のどこかに残っている。

町の商人は、夏の終りに苅(か)り採った甘蔗の茎を買い溜め、貯蔵しておいて、秋祭りの鎮守の市で、一本一銭か二銭に売った。

太平洋戦争のさいちゅうに、信州蓼科山麓の豊平村に疎開していた私たちは、配給の砂糖さえ思うにまかせぬ状態であったので、子供の頃を思い出し、砂糖黍の種子を手に入れて栽培してみたことがあった。が、山国では育ちが悪く、茎も小指ほどにしか発育せず、水気も甘味も、まるでなかった。

秋になると、私たちは裏山の林に分け入って栗や椎の果を拾った。が、何と言っても槙の果ほど子供たちに喜ばれたものはなかった。喬木の槙の木は、栗や椎の木のような下枝がなかったので、木登りの上手な子供でなければ登ることができない。真紅で脂っこい槙の果は、餅菓子の味を持っていた。

子供たちは、食料を求めて山野を漁り歩いた。たまたま、珍しい木苺などを発見すると、その場所へ目印を置き、他の仲間へは秘密にして、楽しんだものである。

勇敢な子供は、名も知らぬ草木の果を噛んで試食した。発見した地梨（ぼけ）の果が黄熟するのを待っているうちに、だれかに盗まれてがっかりすることもあった。いろいろと原始時代の生活に通じるものがあった。そればかりでなく、子供たちは他家の果樹園を荒すこともまれではなかった。半世紀も前には、人心も鷹揚で、裏畑の蜜柑(みかん)や柿を、子供たちに盗まれたからといって、怒鳴り込む大人はなかった。

お菓子を食べられなかった頃の子供は、今の子供よりも、かえって倖せであった。

西洋の浜焼

中谷宇吉郎

一　アルゼンチンの話

アルゼンチンから来ている氷河学者から、南米インディアンの料理の話を聞いた。クラントウというのだそうで、原理からいえば、鯛の浜焼のようなものであって、べつに珍しい話ではないかもしれないが、ただ規模の大きいところが、ちょっと変っている。これは野外で、大勢の仲間が集まって食事をする場合に限られている。アルゼンチンの草原の広々としたところが舞台である。

まず地面に大きい穴を掘って、その中に石塊（いしくれ）をたくさん放（ほう）り込む。そして丸太をその上に積んで、盛大な焚火（たきび）をする。丸太がだいたい燃え終る頃は、石塊も土も赤熱に近いくらい熱くなっている。おきはそのままにして、燃え残りの丸太だけを取り除(の)けて、このいわば炉になっている穴の中にいろいろな材料を放り込むのである。

最初は肉であるが、これがはなはだ規模雄大な話で、普通羊か子牛かを一頭丸ごと入れるのだそうである。さすがに牛を一頭放り込んだという話は、このごろはあまりないが、昔はやったという話である。羊でも子牛でも、文字どおりに丸ごとであって、頭も皮もそのまま、毛までついたままで放り込む。もっとも腸(はら)だけは出しておく。

それから何とかいう木の大きい葉をたくさん用意しておいて、それを何重にも羊の上にかぶせる。そしてその上にいろいろな野菜類を並べてまた葉で蔽(おお)う。なんでもこの葉は非常にたくさん使うので、何重にも重ねて、蒸気の洩(も)れる隙間がないようにするのだそうである。そしてまたその上に、今度は、蝦(えび)だの、貝だの、魚だのを一杯に並べて同じように葉をかぶせる。その上にさらに、一番早く蒸せる野菜類を並べて、また葉で蔽う。

こういうふうに盛り上げていくうちに、穴は一杯になり、さらにどんどん上に積み上がって、小さいドームのような形になる。最後には、葉を二寸くらいも重ねて、ぴったりと蔽ってしまう。少しでも蒸気の洩れるところがあると、そこへ葉をかぶせて止めるわけである。

こうしておいて、お客たちは、その周囲にたむろしながら酒を飲んで待っている。だいぶ経って、もうよかろうという頃になると、すでに酒は相当廻っている。やがて上機嫌のお客たちの前で、蔽いの葉がとり除けられると、山海の珍味がくりひろげられるという寸法である。

茫々たるアルゼンチンの草原のなかで、丸蒸しの羊の肉を切り取りながら、大盃を挙げてさらに飲む、というのは、大いに景気のよい話である。少し野蛮ではあるが、原始的な健康性もある。もっともこれは私の空想であって、実はまだこの料理は食べたことがない。話をきいただけである。それで味のことは全然書く資格がないわけで、雰囲気を想像して、羨ましがっているだけである。しかしこの話をしてくれた氷河学者は「ああいう美味い料理は、他には決してない。一度ぜひアルゼンチンへ遊びに来ないか。このクラントウを御馳走するから」と言っていた。

いかにも勇ましそうな料理なので、一ツこの話を紹介しておこうかと思ったが、食べたことのない料理の話を書くのは、どうもむつかしいので、控えていた。ところが最近米国の東部、ニュー・イングランドの大西洋岸にある町で、このクラントウと非常に似た料理を食べたので、前書として、この話を持ち出したわけである。

二　ニュー・イングランドの話

ニュー・イングランドの「浜焼」は、クラムベークという名前である。辞書を見ると「焼蛤(やきはまぐり)の会」となっているが、それでは何のことか、よくわからない。クラムは海産の二枚貝で、蛤よりもむしろ形は鳥貝に似ている。大きさは長いほうで二寸から三寸、蛤よりはだいぶ大きい。この貝は、この付近の渚でいくらでもとれるそうで、ちょうど日本の潮干狩のように、家族連れでこの貝を掘りに行くのが、土地の風習になっている。他の都市からのお客などがあると、クラム掘りに案内して、それを家庭で料理して出すのが、ちょっとしゃれた御馳走でもあり、また趣味のよいもてなしということにもなっている。日本だったら松茸山に案内するというところであろう。

ところでクラムベークというのは、この貝と蝦（えび）（ロブスター）と玉蜀黍（とうもろこし）とスイート・ポテトなどを、クラントウ風に「浜焼」にした料理である。もちろん野外でやるので、木の葉の代りに海藻をつかうところが変っているだけで、あとは全くクラントウと同様である。

ニュー・イングランドの海岸地方は、海岸線が非常に屈曲していて、入り曲った湾がたくさんある。海岸からちょっとはいると、一望の平地であるが、耕地はほとんどなく草原か灌木の荒地になっている。ところどころに、あまり背の高くない松林が見えるのが、日本の海岸地帯、とくに日本海の沿岸を思わせる。しかし空は妙に澄んで、夕方になると、地平線の近くは、高緯度の土地に特有な紫色に光り、それが青磁色に空に溶け込んでいる。風は全くない。

まずこういう草原を想像していただいて、そこでクラムベークが始まるわけである。六尺に十二尺くらいの場所を、一尺近く掘り下げ、その周囲に、差し渡し一尺程度の石塊をずっと並べる。その中に大きい丸太を一杯放り込んで、盛んな焚火をする。やがて石塊も土もすっかり焼け、おき火がこの四角の場所一杯にできる。頃合を見計らって、燃え残りの丸太をとり除け、このおき火の上一杯に、生の海藻を敷くのである。あらめ風な褐色の海藻で、磯の手近なところにたくさん生えている。ごく平凡な海藻である。もちろんおき火の上に生の海藻をのせるのであるから、濛々たる湯気が上がる。その上にどんどん海藻を重ねて、厚さ二寸近くまでにする。この海藻のむしろの上に、貝と蝦と野菜類とを載せて、上からすっかりテント用のキャンバスで蔽う。そしてしばらく待っていると、貝はすぐ蒸せるので、それを先に取り出す。キャンバスをあけると、湯気が白々と立って、貝はもう蒸されている。

　この料理をするのは、特別の店で、男衆の気風にも、魚河岸（うおがし）の連中みたようなところがある。たいへん威勢がよくて、銭湯の桶そっくりのプラスチックの鉢に、たくさんクラムをつかみ入れ、それを一人一人に渡してくれる。食卓も、野外に設（そな）えつけられた粗末な白木の長机である。卓上には、液状バターを入れた小さなコップが、お客の数だけ並んでいる。そのほかには紙ナプキンが、山のように積んであるだけで、何も置いてない。銘々は、クラムの鉢をかかえて、勝手なところに坐り、ちょうどいい加減に蒸されている貝を、指でつまみ出して、液状バターに浸して食べる。ごく平凡な貝であるが、さっと蒸しただけであるから、非常に軟らかく、また磯の香りが強くて、われわれには郷愁をさそう味である。驚いたことは、砂を吐かすなどという手の込んだことは知らないので、どの貝も必ずのように、砂をもっている。それで「液状バターで洗って」食べるのである。横にはドラム缶みたような空缶が置いてあって、その中一杯に缶詰のビールが、氷に埋っている。そのビールを勝手にとってきて、クラムを肴(さかな)に、盛んにビールを飲む。ひと渡りビールが廻った頃には、さすがに長いこの土地の黄昏(たそがれ)も、少し夕闇めいてくる。その頃、男衆が、もうロブスターがよいと知らせてくれる。

キャンバスをめくると、夕闇のなかに、湯気が真白に立ち上る。そのなかに真赤なロブスターと黄色い玉蜀黍とが、際立って鮮やかな色彩を見せている。そのほか、スイート・ポテト、馬鈴薯、ウィンナー・ソーセージなどたくさんある。それらを各自、真白い皿に好きなだけとってもらって、またもとの座につく。

一番の御馳走は、やはりロブスターである。このあたりからメイン州にかけたところが、アメリカでのロブスターの本場とされている。紐育(ニュー・ヨーク)の少し凝った料理店で、メインのロブスターを註文すると、初めに生きた奴をもってきて、客に元気のよいのを選ばせ、それを料理してくれる。ちょっとアメリカらしくない話であるが、そのかわり蝦一匹で、七、八ドル(約三千円)はとられる。

その本場の蝦を、現地で食べるのであるから、美味(うま)いはずである。面白いことにはこのクラムベークでは、ナイフもフォークもついていないので、丸のままのロブスターを手で食べなければならない。私たちの子供の頃、北陸の田舎では、よくおやつに子持蟹を一匹ずつ貰ったものであるが、それも一匹のままであった。手と歯とで巧く蟹一匹を処理することには馴れているので、私は少しも困らなかった。しかしたいていの人、とくにレディたちは、だいぶ持て余していた。

もっとも殼は決して伊勢蝦の鬼殼焼のように堅くはない。長い時間海草から出る湯気のなかでゆっくり蒸されているので、非常に軟らかくなっている。そしてつゆが内部に一杯溜っている。このつゆが非常に美味いので、それをこぼさないように上手に食べるのに、ちょっと技術が要るだけで、殼自身は容易に指先で引きちぎれるくらいの軟らかさである。肉は適当にしまっていて、海草から出る塩味と磯の香りとが、まことに結構である。私などは、大いに楽しんだほうであるが、駭(おどろ)いたことには、全然食べない連中が一割くらいもいる。それから申し訳に、蝦の胴のところの肉だけ、少し食べたという仲間がまた相当いる。聞いてみると、「死んだ魚のような匂いがする」というのである。われわれが磯の香りと感ずるものが、彼らには生臭いらしい。

ところで、このクラムベークというのは、ニュー・イングランドでも、御馳走とされてるものだそうである。米国でも最も早くから開けた文化地域の代表的なところで第一流の御馳走とされているものが、今度集まった連中には、あまり評判がよくない。まことに妙な話であるが、種を明かせば、集まったのが、大学教授あるいは研究所に勤めている研究者仲間だったからである。

アメリカでも、学者や研究者は他に比して一般に待遇が悪く、普段から質素な生活をしている。それでこのような貴族的な御馳走にはあまり接したことがない。缶詰と冷凍食品ばかり食べている連中には、磯の香りは生臭いのであろう。

そう思ってみると、子持蟹をばりばり千切って食べたり、あさりの味噌汁のお代りをしたりしていた私たちは、米国の貴族の生活をしていたわけである。

クラントウ後記

「あまカラ」の才五十二号に書いたクラントウのことは、ウイルメットの雪氷研究所に来ている、アルゼンチンの氷河学者コルテ博士から聞いた話です。それについて疑問の点があるという津田さんの記事が才五十五号にあったので、コルテ博士に詳細をきいてやりました。その返事が来たので、追記を致します。

クラントウは、本来はチリーのインディアンの料理で、アルゼンチンでは、南米の尖端にある Tierra de Fuego（フエゴ島）の土人が、現在実際にこの料理をやっている唯一の種族だそうです。Onas 族といいます。日本でたとえてみれば、利尻島のアイヌ人（そんなものはいないが）の特殊料理みたようなもので、アルゼンチン人でも、たいていの人は知らないそうです。

起源はチリーの中央部に近い Chiloe 島の Chilotes 族と、その一寸北にいる Aravcanos 族らしく、それより北部では、広葉の植物がないので、その料理は出来ません。此処からチリーの南部に移って来て、最後にアルゼンチンのフエゴ島へ来ておしまいになっています。チリー南部では、稀れに残っているところもあるらしいが、ほとんど絶えてしまっているそうです。発祥地からフエゴ島へ伝わって来たのは、インディアンの手によったものか、白人が伝えたのか、よく分っていないとのことです。

あの記事にあったアサードのことは、コルテ博士も言っていました。この方はもっと普及されている料理だそうです。

小唄料理

佐佐木信綱

熱海の西山に山ごもりをして、晩年の著作に専念している自分のもとにも、折々珍らしい来客がある。

市内の山内医学博士の奥さんが、ある日、小唄の家元の本木寿以さんを伴い来られて、小唄を作ってほしいとのこと。自分は、琴唄や長唄は作ったが、小唄は初めてである。しかし、置いてゆかれた小唄の本を拾い読みして、その夜と次の夜とに、箱根や川奈など、十二三つくって送った。

それから半年あまりたったので、全く忘れていたに、近く又うちつれて来訪された。あの中の一つの「山科」に節づけが出来、それには特に義太夫なども聴いて、いろいろ苦心されたとのこと。その歌詞は、

〽山科や笹の小径(こみち)を忍んで行けば、うしろ姿のりりしいは、力弥さんではないかいな、小浪はここに居ますのに、ヱ、何んとしようえ、どうしようえ。

山科は、毘沙門堂に古写本を拝見に、また元禄の歌学者木瀬三之の事を調べにもいったが、宇治に遊んだ帰りにとおった時のことを思い出して、ふと作ったのである。聴いておると、わがものと思えば軽しではなく、わがものと思えどうまくよい節がついたので、喜んだことであった。

台所のおばさんの工夫で、ささやかな夕餉を共にした。まず、ゴールドキュラソーにチーズ。次に、烏賊(いか)の黒づくり、鶏(とり)のもつやき、佐賀の天山(てんざん)漬、食後には、群馬の女歌人からおくられたくるみ、千葉の弟子からの銀杏、菓子は熱海名物の天の川や、奈良の青によしなどを出した。

今夜のもてなしは、気のきいたものをほんの少しずつだから、小唄料理というてもよくはなかろうか、「光る源氏、名のみことごとしう……」と源氏物語にあるが、名のみことごとしい小唄料理ながら、節づけのおもしろさゆえと許されるであろうと、主客笑い興じたことであった。

あまカラ還暦

新村　出

すでに六十号にも達するあまカラ誌のために、初めての執筆に、さて何を書いたらよいものか、大ていの事は、書きつくされたので、今さら、甘党の一老人として、もとよりあまく育ち且つあまく年とった自分として、何から書きおこすかにも、迷ってる所へ、我党の一人の義弟、これも今年喜寿だと称するおきなが、老夫婦で八雲たつ出雲からの帰り路に立寄り、何とか云ったお菓子の神社に参拝したとか、遥拝したとかとの耳よりのあまい話。京都には洛西に松の尾などにお酒の神社があって、酒樽が山のごとく積んであったのを見て感心したこともあった。城の崎から南西の方に、サンショ神社といって、延喜式内の古い社に、ハジカミ神社と称するのが存したが、お菓子の社は、わが京都あたりにも一つやそこら祭りたいもんだ。薬の神社は、神農を奉った小さなほこらが、二条だったかの横の通りの室町辺にあるのを一度二度見かけたが、どこかにお菓子の社もあるに相違ない、と人にきくと、所々にあるのだとのことで、安心した。その老義弟が、この四月に、郷里の盛岡から郵贈させてよこした薄雪（うすゆき）なる名の、マシマロに似た中身がアンコの白い菓子は、古くから在るお国の菓子に比べて非常にうまかったとほめた。

甥からくれる秋田もろこしも大すき、信州長野辺の小布施出身の一友からの栗落雁もうまい。上州館林の何落雁は堅いがうまかった。所がら長野の妹から一度か二度かもらったアンズをかためた玉だれといったか、この新菓子もよかった。越後縮（ちぢ）みや長唄で名だかい小千谷の栗羊カン、杏子カン。忘れられぬ日光羊カン、砂糖が固まってチャリチャリ鳴る甘い黒いやつ。江戸の徳川武士で、つい一度も日光には参拝せずに京都に老衰した八十翁、あの日光羊カンの幼稚な味は忘れない。先日、老豚児の左党人が公用で日光に見学したのに、しかも本誌の愛読者たること、乃父（だいふ）にまさること数等ながら、年来カラ党で、菊正宗を日頃常用しつつも、親友の誰やれからチトセ、親戚の某家からシラユキなどと称する銘酒をもらったりして、父には甘え、父も甘いにも拘わらず、日光羊カンをみやげにせずに帰った不孝もので、両親から甘党（カントウ）を受けかかったいきさつもある。

昔なじみの食べものは何でもなつかしいもので、静岡そだちの私は、そこのワサビ漬、アベ川もち、わが故里の味がして、石川啄木のまねをした歌がしばしば出来る。亡き養母などは、同地の桃隣堂のモナカが一番うまいと京の人々に誇りきって八十七の寿を終ったが、そんな菓子屋はもはやあるまいし、若し京で食べたら大いに失望する筈だった。今では大御所モナカと名づけた大きなのが出来て、東照公を記念したりして、長崎に劣らぬカステラを作りだした。慶長年間、南蛮人が大御所を駿府城に謁見して献上したかと空想せしめる程の出来だと、わが愛郷精神では誇りたくなる。

そのカステラの語原は、あまりにも名高く周知だから略するが、大御所家康は、大阪落城後ほどなく、駿府郊外に鷹狩をしたとき、偶々長崎から来た謁見者を、その狩場に引見して、何か長崎に珍物異聞はないかと問うたとき、これこれと、テンプラの話を言上したので、やがて鯛のテンプラをきこしめして、それから下痢をおこし、その原因で七十五の寿を終ったと伝説される。そのとき、すでにテンプラの名が南蛮人から伝来してあったかどうかの確証は得がたいが、それから二三十年後の古写本の料理書（故林若樹翁旧蔵）にはその名が出て、又元禄時代の料理の古版本に記載されてあり、例の人口に膾炙せる山東京山の天竺浪人の逸話よりは遥かに古い文献の徴証だ。

菓子に話をもどすが、テンプラと縁のあるヒリョウズ、飛竜頭などと、とんでもない文字をあててあるが、そのヒリョウズの称呼は、もとはポルトガル語で、今のドウナツ様の形状や構造をしたお菓子であったものが、またワッフルのごとき形や作りでもあったらしいのが、段々崩れ歪曲してああ成ったこともすでに御承知で、パンやボウロなどの名のポルトガル伝来であるそれらのグループに属するわけである。

物そのものから名の方へ益々傾いて詮索するのが、習慣や専門なので、脱線してすまなかったが、元来お菓子の名には、西洋とちがって日本には、美名が多くあることは周知の如くで、シナの月餅はとにかく、日本には月輪を象徴して、甲州の月の雫、丸い四角にかぎらぬ各地各種の最中（もなか）、残月、あちこちの月もち、古い東京の風月堂といった菓子屋については今昔の嘆も起るが、明治二十年代の湯島の天神の境内にあった京都言葉で京菓子をたべさせた梅月、わが二十歳前後の一高東大のころのなつかしさ。そこで初めて食べてうまかった桃山と称した、ぼろぼろ柔らかい生菓子、あれを一層黄色く焼きあげて夕映(ゆうばえ)と名をつけた京の菓子、吉井勇翁がつけた美名の吾妹子（わぎもこ）、名詮自称のあまい菓子。まだまだ洒落れた美菓が、美名と共に、都鄙ともに数知れずである。

胃も害されないですむから、これから一つ菓子語彙でも編むかナなどと、今はその序説めいた走りがきを一くさり。まだまだ書き洩らしが、かれこれと多いけれど。

大阪には鶴屋八幡、京都には亀屋、松屋とか、松月堂とか、前記の梅月とか、めでたい屋号がたんとあるのは、うれしいな。わが甘党バンザイである。

味覚診断

式場隆三郎

腫瘍の味覚的診断

匂いをかいで病気の診断をつけることは、昔から名医のよくやることで珍しくはない。しかし、ある大学の病理学の先生は、いろんな腫瘍（しゅよう）の断片をたべてみて、その種類の診断をつけたという。癌にしても他の腫瘍にしても、すぐ伝染するものではないからいいようなものの、それを口の中に入れて噛みしめて、舌で診断をつけようというには、異常な勇気がいる。いずれ正確な診断は顕微鏡その他でやるとしても、とりあえず早いとこ舌で鑑別しようというのである。これはたとえ正確だとしても、真似をする人はめったにあるまい。その後、このような勇猛心のある学者の出ないところをみると、これは学界でも空前絶後の検査法であり、味覚発達史にも特筆してよいかと思う。

癌は特有な臭気があって、患者に近づくとすぐわかるものだが、精神病者も特有の体臭をもつ。人間の嗅覚は他の動物に劣るものだが、頭脳の高度の発達がそれを補うので、生活にはさほど困らぬわけだ。味覚も同様に動物の方がすぐれているかもしれないが、人間の方が頭がよいので、彼ら以上にいろいろなものをたべるし、判別もできるわけだ。

美しい毒魚

バラの棘(とげ)は、美しいものに潜む恐ろしさを語る代表のようにいわれる。しかし、美しくても有毒なものは、他にもたくさんある。私は沖縄へゆき、その魚類の美しい色彩におどろいた。海岸の崖から下をみると、遠目にも美しい魚が見えることさえあった。しかし、それらの魚は少しもおいしくない。多分ジュゴンだろうといわれる人魚の塩づけの料理を、尚家(しょうけ)でごちそうになったことがある。これも、案外うまくなかった。ただ人魚をたべた、という興味だけのものである。

こんどの戦争のとき南方へ行った人々は、かつてみたこともない美しい色の魚類をたべたという。しかし、それらは大ていまずかったときく。なかにはひどく有毒なものもあって、それにあたって死んだ人もあったらしい。そこで海軍その他では、原色版の有毒魚類図譜をつくって配ったが、それにのっていない魚も沢山あって、犠牲者がでたという。「きれいな花には、トゲがある」という歌もあるが、きれいな魚には毒がある、ともいえよう。少くともうまくないことだけは、事実とみてよい。

異食性

イカモノ食いも、度がすぎると狂人ということになる。分裂病者の異食症のなかには、畳をむしってたべ、衣服をちぎってたべ、カベをこわしてたべるものもいる。もっとひどくなると自分の糞をたべ、小水をのみ、皮膚をむいてたべる。もっとも困るものは、毛髪をぬいてたべる患者だ。これは胃の中にたまって腸へゆかぬことがあり、それがひどくなると危険なので、手術をして出さねばならない。

もう二十年にもなろうか。忍術の藤田西湖氏を招いて科学ペンクラブの面々がガラスのコップをたべるのをみたことがある。今は亡き入沢達吉先生がおどろいて、翌日の便をみたいし、胃の内部の写真をとりたいといっていられた。藤田氏はもう五六十個のコップはたべたが、このつぎには猫イラズをのむといっていたが、果して実現したかどうか。いくら忍術でも猫イラズはたべられまい、と私は思っていた。もっともロシヤの怪僧ラスプーチンは、いくら毒殺しようとしても効かないので、とうとうピストルで殺されたのだというから、猫イラズのきかない人もいるかもしれない。

やはりあのころ胃袋魔人というのがいた。愛知時計の職工で、何でものみこんで胃のなかで処理して、また出してみせる。宮田重雄、石黒敬七、それに私の三人が見にいったが、胃のなかで銭の勘定をしてみせたり、仁丹のケースをバラバラにしてのんで、その中にペン先を入れてフタをして出してみせたりした。ゆで卵をのみ、まず殻だけ出し、それから白身をだし、最後に黄身を出してみせたりした。不随意筋の胃壁が、まるで手のように動くというのだから、石黒君が胃袋魔人と名付けた。あの胃の芸人も、その後どうなったろうか。

飢餓性の精神病

あまり空腹がひどくなると、精神異常をおこすことがある。断食をつづけて、満願になると神や仏の姿が見えるというのも、一種の飢餓性の幻覚のあらわれるためでもあろう。過食や飽食はたしかに頭をぼやけさせるが、逆にひどい空腹が長時間にわたると、頭が変になることも知っておく必要がある。だから断食療法も病気の種別をえらぶことと、その程度を加減しないと逆効果をまねく危険があるわけだ。

難しい外交交渉のときは、お互に決して相手から食事や飲物の御馳走にならずにやるともきく。一杯のませたり、たべさせたりして話をまとめる成功率のたかいことは、だれもが知っている。うまいものをたべるというよりも、空腹によるいらいらした気分をとり去ることが、効果があるのだ。くいものの話の愉しさも、精神的の満腹感がこころよいために他ならない。

食物による性教育と人物テスト

私は前から年ごろの娘や青年の正しい性教育は、たべものを細かく味わわせたり、つくらせたりすることも一つの道だと主張している。子供のころ食欲だけでたべていたものを細かに味わえるようになれば、異性の愛情の何たるかもわかると思うからだ。ことに娘たちは、花嫁教育としての料理法の勉強よりも、味覚に関する教養の向上をめざさせるべきだ、というのであるが賛成してくれる人があるだろうか。料理のつくり方やたべ方の知識も、もちろん必要だ。しかしそれ以上にこまかな味覚のわかるような娘や青年は、恋愛にも成功し、夫婦愛もうまくゆくように思えるのである。

むかしサムライが仕官するときに、いろんなテストがあった。そのなかで、だれもいない部屋へお膳を出し、ひとりでたべさせて、その様子をこっそりのぞいて人物判断をするのがあったという。たべ方のマナアには、その人の教養も出やすいが、性格の特性が出やすい。それをみつけようというのである。これは、今でもやってみてよい方法かもしれない。

私は精神病院の食事どきの異様な光景に、いつもおどろく。病的な人々の病的なたべ方が、露骨にでるからだ。たべ方の心理学は、味覚の診断以上に精神医学ではいい資料になる。このことは正常人にも通用するので、その人のたべ方を仔細に観察すると、下手なテスト以上の結果がえられることもある。どんなに気どっていても、注意深くやっていても、長い時間たべている間にはその人らしい癖も出るし、人間も出る。好悪だけでなく、もっとこまかなことがわかるものだ。

関西のうどん

壺井 栄

大阪へゆくと私の親しい友だちたちは、すぐ道頓堀のうどんやへ案内してくれる。中座のとなりの「今井」という小さな店なのだが、すっかり気に入ってこのごろでは私の方からいい出すことの方が多い。年に二度か三度、旅行のたんびに、時にはその往きかえりに私は大阪へ途中下車し、（もちろんうどんだけが目的ではないが、うどんを食べる楽しみをも目的の一部として）も一ぺん例のとこへいきましょうと、こっちからいい出すようになっている。一日滞在すれば一度、三日いれば三度、といった私のうどん熱に、友だちは呆れたらしく、ある時などうどんよりおいしいものが大阪にないみたいだと嘆じさせた。何かほかの御馳走を持ちかけられても、私がうどんうどんというものだから、もうあきらめたらしくこの頃では、五六人でタクシーにのって、大挙して道頓堀へゆくようになった。「今井」さんでもとうとう顔を覚え込まれて、「どうぞまた」とおあいそをいってくれたりする。「今井」のおかみさんのやわらかい大阪弁がまた私は好きである。今年の春、大学生の息子とその友だちをつれて「今井」へゆくと、東京育ちの息子も友だちも大気に入りでしっぽくだの、にゅうめんだの、あれこれとお代りをし、おしまいに月見うどん（と大阪でもいうのかどうか、とにかく生卵の入ったもの）だかを一つ注文して二人でわけるといい出した。一つずつではおなかに入らないから半分ずつを丼に入れてくれというわけだ。すると「今井」のおかみさん、困ったような、しかしひょうひょうとした顔で、卵はどないして分けましょうか、というのを、独得な味わいの大阪弁でいったので大笑いになった。それはうどんのだしのようにおいしい言葉だったが、時々思い出してもまねができない。

とにかく、そのように、大阪のうどんはいつまでも心に残る味がある。一度食べたら忘れられないのではないだろうか。

私の「雑居家族」の撮影中、ロケ先で昼食に鍋焼うどんを出された時のこと、新珠三千代さんと向いあって箸をとったのだが、まだ食べかけぬ中に私は大阪のうどんを思い出してしまった。

「大阪のはおいしいですね」

というと、大阪生れ（?）の新珠さんは待ちかまえていたかのように、

「私、大すき」

二言三言交すうちに新珠さんも「今井」のファンであることを知って、大いに大阪うどんをなつかしんだ。大阪の味を知っている者には、だしの色の濃い東京うどんはどうしてもなじめないということになった。若い新珠さんは無理もないが、東京ぐらし三十年以上の私でもそうなのだから、東京へは申しわけないが、やっぱりうどんは大阪に軍配が上りそうだ。この私たちと同じ思いの人も多いだろうに、東京で大阪のうどんを食べさせる家はないかいなと思ったり、人に話したりしていたら、虎の門に一軒関西うどんの店があると聞いたが、虎の門のどのあたりなのかは教えてくれた人もよく知らなかった。

ところが今度、田村町のあたりで、私の郷里の若い人がそのうどん屋を開業することになった。「東京のうどんの味にはどうしてもなじめませんので、郷

里の手打うどんを食べていただく店をやりたいと思います――」というのだ。私の郷里といっても小豆島ではないが、小豆島をも含めた香川県の高松のうどんの味は、大阪と殆ど同じである。この春頃だったかには、その高松から職人をよんで手打ちうどんの実演をし、新宿の三越で即売した時など、私の家ではその期間中殆ど毎日買ってきて、飽きずに食べた。それほどうどんが好物というのでもないのに、とにかくうまいのである。関西の味がするのである。そのうどんを、関西のだしで食べさせてくれるというのだかられしい。

うどんを主にして、そのほか小豆島のそうめん、五目ずし、お酒の肴には醬油豆、オリーブの塩漬等々と郷里名物をならべ、これだけではさびしいと思いますが――というのだ。その中だんだん店の性格も生み出そうとしているらしい。

このうどんやを開業する人は、四国へ多少とも関心をもつほどの人なら、多分知っていると思うが、高松の川六という旅館の娘さんで、私は同郷人のよしみで店名の相談をうけた。香川県にちなんだいろいろな屋号の中から私は「いとさん」というのをえらんでおいたのだが、「いとさん」にきまるかどうかはまだ聞いていない。「いとさん」はお嬢さん、または可愛い娘といったような意味の地方語なのだが、川六のいとさんが、うまく商売を守り立てていくことを私は関西うどんのためにも祈りたい。寒い時には「美々卯（みみう）」のようにうどんのすきやきなども出来るのだろうと期待している。

食魔の国

野村胡堂

　私はこの上もなく野蛮な人間である。東北の僻地に生れ、貧乏人の子として育った私は、食物の通(つう)などを言える義理では無い。尤(もっと)もその後六十年東京に住んで、甚だ不都合ではあるが、東京人とあまり変りの無い生活をして居る。それでも衣食住の通(つう)を言うのが不得手で、別けても食通など言うものは、余程胃の弱い人だろうと思って居る。私自身も曽ては体重二十三貫もあり、食物の好みなどはあまり言わないことを以て、武士のたしなみだと思って居たほどである。

　併し私は三十年間新聞社に居て、社会部長も七年位は勤めて居り、随分御馳走らしいものも食べた積りである。一ヶ月に四十回も宴会があって、つくづく降参したことも少くは無い。千葉亀雄君と私は、宴会嫌いの部長として有名であったこともある。本山荻舟君と御手洗辰雄君は当時の社僚であるが、何時か私を評して「あんな附き合い憎い男は無かった」と言って居る。酒も飲まず、あんまり遊びもしなかった為であろうと思う。

その上私は、三十年間ベコベコのニュームの弁当箱をぶら提げて歩いて居る。三十年前の政友会の総裁や幹部の前で、何年間か弁当箱を開いたのは、私を以て始めとするだろう。別にけちなわけでは無い、それぱかりでは無い金田一博士の書いた文章によると、中学時代私は有名な敝衣破帽で、山男の異名を取って居たそうである。山男が三十年五十年経って、新聞記者になったところで、決して衣食住の通になり得よう筈は無い。今日に至るまで、甚だ古風ではあるが、君子は庖厨に近づかずという昔の言葉をそのまま遵法して居り、男のたしなみとして、滅多なことでは、お勝手をのぞかない事にして居る。文句を言うのは味噌の味の悪い時位のものである。料理などは、豚の児とあまり大した違いはない、何を食わしても結構である。

たって言えば果物は木から取って食べるのが一番よく、梨も林檎も桃も苺も、畑から取り立てを食う味を、いまだに忘れない、肴は刺身が一番おいしい、私は好んで伊東へ出かけるが、調理した御馳走は、見ただけで腹一杯になり、日に三度刺身とお酢を食べて居る。好んで摂るのは貝類だが、渋い味が面白いので、剝身（むきみ）や何んかには興味を持たない。海岸に生れたら、間違いもなく貝塚を作った一人だろうと思って居る。

私は紅茶にもコーヒーにも砂糖を入れない。洋食をたべても、滅多なことでは、アイスクリームも紅茶もコーヒーも摂らない。冷たい水で結構である。日に三度食前に菓子はたべて居るが、それは緑茶が好きな為である。菓子の甘過ぎるのは降参で、甘くない菓子を東京中探して居ると言っても宜い。東京の有名な菓子屋の主人が、甘くない菓子を作るのに骨を折って居ると言ったが、それが本当の菓子道だと思う。従って私は、砂糖を入れた料理が大嫌いで、お勝手へ厳重に申渡して居る。東京の有名な鰻屋に、決して砂糖を使わない鰻屋がある。少しばかりの甘味は、味淋だけで付けるのである。その料理が好きで、私は時々出かけることもある。甘くない大串をペロリと平げるのは七十五才の私にしてはなかなかに自慢である。

料理通の村井弦斎氏は晩年木食（もくじき）に打ち込んで居たが、木食をして居ると、牛乳という物は、何んと言う塩っ辛いものだろうと私に言ったことがある。その牛乳に砂糖を入れる人があるから、都会人の好みは厄介なものである。

私の如き料理に無関心なものか、二十才にして金田一博士の家に招かれ、生れて始めてライスカレーを食べさせられて、そのうまさに感嘆したことがある。その後四十何年を距てて、教授方の集まる席上にその話をしたところ、江戸ッ児の辰野隆博士に驚かれたことがある。私の自叙伝の一頁である。

私は豚肉も牛肉も知らずに農村の子として育ったのである。豚や牛を食う奴は眼の色からして変ると思い込んだのである。半世紀前には、そう言った草深き田舎はまだ相当に存在して居たものである。

本郷の素人下宿に居たとき、海苔の佃煮という物を、始めて食べさせられて、その美味に驚嘆したことがある。バナナというもののおいしさに驚嘆したのもその頃であったと思う。栗まんがおいしかったのも、ハム・ライスがおいしかったのもその頃の事である。私の五十年六十年前は、おいしい物の連続であったと言って宜しい。考えようによっては、私は誠に幸せであったと申しても宜しい。新渡戸稲造博士は、鰊が好きであったと言うことである。マリ子夫人は、みがき鰊の匂いにさぞ困ったことであろう。それは少しも新渡戸博士の不名誉では無い。斯く申す私も、鮭と鱒と、鰊と鱈が未だに大の好物である。

料理通の本山荻舟と、私は年も近く、長い間の同僚であるが大きな宴会などで一緒になると必ず隣に坐って、私は二人分の御馳走を平らげる事にして居る。荻舟君は酒を呑んで居さえすればそれで堪能し、私はよく食べるけれど、酒はあまり呑まないのである。従って私は二十三貫から十八貫五百になり、荻舟君は痩軀鶴の如くである。

併し、私は三十年の新聞記者生活で百姓の身分を忘れて、一と通り都会人になって居る。うまいものは随分たべた筈である。日常生活も飛んだハイカラで、坐ったら最後、一行も原稿は書け無く、食物はバターとチーズと果物を愛する程度だ。衣食住は、着せられ、食わされ、住まされる程度で、滅多なことでは贅を言わない。併し娘達や子供達には、一番先きに料理を稽古しろ、家庭と配偶者と子供達の心を囚える最良の方法では無いかと言って居る。

庶民の食物

小泉信三

魚をじかに火で炙(あぶ)るということは、ほかの国ではしないことなのか。西洋を旅行して、裏町を歩いても、魚を焼く匂いをかいだ記憶はないように思う。青煙散ジテ入ル五侯ノ家、という唐詩の句は、別のことを詠じたものであるが、とにかく、脂ののった魚を焼く煙が、民家の軒をくぐって青く夕暮の空に上るという景色は、日本独特のもので、われわれに強く国土と季節を感ぜしめる。

魚を焼くといえば、まずサンマと鰯を想うが、この国で、こんなうまいものが、安く、誰の口にも入るとは仕合せなことだ。私の母は鰯が好きで、私たちが子供のとき――その頃私は魚よりも肉を好んだが――焼いた鰯を食べさせながら、「こんなおいしいものを天子様にさし上げたい」と、よくいった。鰯やサンマのような下魚（げうお）は、宮中の食膳には上らないものと思っていたらしいが、きけば事実は必ずしもそうでもないらしい。それはとにかく、人間が――ことに勤勉で勇敢な日本の漁夫が――捕り過ぎて、魚がだんだん少なくなっていくという。鮭も鱒も蟹もであるが、ますます増加する人口のため、サンマと鰯は取りとめたいものである。

サンマ、鰯といえば、温かい飯とこなくてはならないが、贅沢な料理の膳に向ったときよりも、かえって家庭で、このような質素でうまい食事をするときに、今日もこうして無事に飯を食うと思い、飯が食えるということが、人類にとってどんなに重いことであるかというようなことを、考えさせられる。サンマから佐藤春夫の詩を憶い出していうのではないが、ひとはどうか、私は食事のときに自分の心が感じやすくなっているのを自覚する。よく食事をしながら、人の哀れな身の上や、健気（けなげ）な振舞の話をきいて、涙を落とすことがある。唾腺と涙腺とはなにか特別の関係があるものか。きいてみたことはないが、昔から、箸を投じて落涙するというような話があるから、これは私一人ではないのかもしれぬ。

少年時代住んでいた三田の家の、少し離れた並びに、昔、福沢先生を頼って故郷の中津から出てきたという、豊前屋という相当な米屋があり、夕暮など、近所の裏長屋のおかみさんが、味噌漉を前掛けの下にかくすようにして、その敷居を跨ぐのを、私は見て知っていた。米の一升買いということの意味を、少年の私は解していた。どうかすると、わが家の食事のときに、そんな景色を想い出して、急に喉がつまり、涙の味のする飯のかたまりを、無理に嚥みこんだような記憶がある。

私は政治上あまり好んで民主主義を振り廻すほうではないが、右に書いたような意味で、食物に対する好みは民主的といえるであろう。いたずらに高価な、季節外れの珍味などを出されることなど、好きでない。凝ったもの、ヒネッたもの、変ったものはすべて敬遠するほうである。さして変った物というほどではないが、蝸牛や蛙も御免をこうむりたい。知らずに食うことのないようにと、シナ語の田鶏、フランス語の Grenouille が蛙であることを、私は夙くから調べて用心している。先年、東京のある料理屋で、加賀の白山の狸汁というものを出されて、腹を立てたことがある。第一、汁の味である。私には臭くて、脂こくて喉を通らなかった。けれども、それは好き好きだから、これが結構だというものを、強いて留める必要はない。ただその狸を、加賀白山の産とことわったのは、どういうことだろう。これが松阪の牛肉だとか、何川の鮎とかいうなら誰にもわかることで、それをことわる理由もあるだろうが、人間の常食でない狸の肉に、特にその産地を掲記する主人の心理はどんなものであろう。どうもそこにコケオドカシがあるように思われて、辛抱しかねた。当時そこのことをちょっと書いたら、幸田露伴が見たということで、至極同感だと、人伝てにいって寄越してくれた。

　私はそうたびたびは出会わないが、小料理屋の主人などに、客に対し、ウマイものを食わしてやるという顔をするのがあるのは、閉口だ。主人自身もだが、またその主人の意を迎えて、阿諛追従（あゆついしょう）の見本を示す客もあるのは、なお困ったことである。いつかアメリカの雑誌に、ニュウヨオクのある大料理店の給仕長（だった男）の、チップに対する経験談が載っていた。客に対してどのようにサアヴィスするのが一番貰いが多いか、というのである。彼の結論は、いんぎん鄭重（ていちょう）にするよりは、無愛想で、威嚇（いかく）的であるほうが好成績だというのであった。なかなか面白い話だと思って読んだ。もしはたしてこのとおりであるなら、「食わしてやる」タイプの料理屋の主人は、よく考えた商売上手ということになり、事実もそのとおりに違いあるまいが、客の一人としては、やすやすこんな手に乗って、合唱する仲間の多いことは、口惜しき次第である。

腹のへった話

梅崎春生

申すまでもなく、食物をうまく食うには、腹をすかして食うのが一番である。満腹時には何を食べてもうまくない。

今私の記憶のなかで、あんなにうまい弁当を食ったことがない、という弁当の話を書こうと思う。弁当と言っても、重箱入りの上等弁当でなく、ごくお粗末な田舎駅の汽車弁当である。

中学校二年の夏休み、私は台湾に遊びに行った。花蓮(かれん)港に私の伯父がいて、私を招いてくれたのである。うまい汽車弁当とは、その帰路の話だ。

花蓮港というのは東海岸にあり、東海岸は切り立った断崖になっている関係上、その頃まだ道路が通じてなく、蘇澳(そおう)から船便による他はなかった。その船も二、三百屯級の小さな汽船で、花蓮港に碇泊してハシケで上陸するのである。で、八月末のある日の夕方、私はハシケで花蓮港岸を離れ、汽船に乗り込んだ。この汽船がひどく揺れることは、往路においてわかったから、夕飯は抜きにした。私は今でも船には弱い。

そして案の定、船は大揺れに揺れ、私は吐くものがないから胃液などを吐き、翌朝蘇澳に着いた。船酔いというものは、陸地に上がったとたんにけろりとなおるという説もあるが、実際はそうでもない。上陸しても、まだ陸地がゆらゆら揺れているような感じで、三十分や一時間は気分の悪いものである。だから少し時間はあったが、何も食べないで、汽車に乗り込んだ。そのことが私のその日の大空腹の原因となったのである。

蘇澳から台北まで、その頃、やはり十二時間近くかかったのではないかと思う。ローカル線だから、車も小さいし、速度も遅い。第一に困ったのは、弁当を売っているような駅がほとんどないのだ。

汽車に乗り込んで一時間も経った頃から、私はだんだん空腹に悩まされ始めてきた。それはそうだろう。前の日の昼飯(それも船酔いをおもんぱかって少量）を食っただけで、あとは何も食べていないし、それに中学二年というと食い盛りの頃だ。その上汽車の振動という腹へらしに絶好の条件がそなわっている。おなかがすかないわけがない。蘇澳で弁当を買って乗ればよかったと、気がついてももう遅い。

昼頃になって、私は眼がくらくらし始めた。停車するたびに、車窓から首を出すのだが、弁当売りの姿はどこにも見当らぬ。もう何を見ても、それが食い物に見えて、食いつきたくなってきた。海岸沿いを通る時、沖に亀山島という亀にそっくりの形の島があって、私はその島に対しても食慾を感じた。あの首をちょんとちょん切って、甲羅をはぎ、中の肉を食べたらうまかろうという具合にだ。

艱難（かんなん）の数時間が過ぎ、やっと汽車弁当にありついたのは、午後の四時頃で、何と言う駅だったかもう忘れた。どんなおかずだったかも覚えていない。べらぼうにうまかったということだけ（いや、うまいという程度を通り越していた）が残っているだけだ。一箇の汽車弁当を、私はまたたく間に、ぺらぺらと平らげてしまったと思う。

そんなに腹がへっていたなら、二箇三箇と買って食えばいいだろうと、あるいは人は思うだろう。そこはそれ中学二年という年頃は、たいへん自意識の多い年頃で、あいつは大食いだと周囲から思われるのが辛さに、一箇で我慢したのである。一箇だったからこそ、なおのことうまく感じられたのだろう。あの頃のような旺盛な食慾を、私はいま一度でいいから持ちたいと思うが、もうそれはムリであろう。

キントン焼き魚

長谷川伸

新兵で千葉県の国府台（こうのだい）にあった野戦砲兵第一聯隊補充大隊へはいったときのこと、官給の襦袢と袴下とを先ずわたされた。どちらも青筋が細くはいっている明治型の木綿物で、受けとったときに、こいつはヒデエ古シャツと股引きだと思ったが、着ろといわれて着てみて、シャツの袖口はボロになった上へカブセ継ぎをしてあるわ、肘も腋の下も左右もろともに継ぎ剝（は）ぎだらけだわ、股引の内胯のところは不器ッチョに当て継ぎをしてあるわ、という見掛け以上のヒデエものであった。これが私の数え年二十一才のときのことで、今を距ること五十余年のむかしになる、明治三十七年（一九〇四年）十二月一日の朝、入営して裸にされ、医務室を出て、第六中隊という木造二階建の階下の兵舎へ裸のまま、下士官に引率されてはいってすぐの事である。

おンボロボロの襦袢と袴下とを身につけると、黒羅紗の軍衣袴をわたされた、これが又ヒデエもので、羅紗の羅も紗もとっくのむかし摺りきれてしまったものので、上衣には中小五六ヵ所のツギが当ててあり、袴の内股のところは雑巾とおなじに糸が這っていた。そのころのことだからこの上衣の襟には黄色のシルシが縫いつけられてあり、袖には二等卒だから黄線が一本はいっていた。次にわたされたのは軍帽だが、これが又もヒデエもので、砲兵科の色の黄が、もう少しで水いろに化けそうな古さで、前廂（まなびさし）は三つに折れている、それを無数の亀裂が折れないように支持しているという代物である。次に木綿のこれのみは新品の靴下一足をわたされ、それを穿くと、半長靴（はんながぐつ）をわたされた——歩兵・工兵の靴は短靴（たんか）という、騎兵のは長靴（ちょうか）と私どもはいった、砲兵のは今いった半長靴で、これを〝はんちょうか〟とはいわなかった——その半長靴は又々のヒデエもので、踵が曲っているどころでなく、足のはいるところ全体が、一つは左向け左をし一つは右向け右をしている。以上で私同様のそのときの新入営の壮丁は、渡されるものを全部わたされたのである。
詰りふんどしまで外した素ッ裸のものが、着せられたものは、ボロ襦袢ボロ袴下、ボロ軍衣袴と古軍帽にボロ靴、それに新品の靴下とそれだけ、着換も何もあったものではない、全くの着たッきり雀であった。それはそうだろう、銃剣のごときですら、戦場から分捕り品の敵さん使用のものがくるまで、新兵には渡らなかったくらい、窮乏していた折柄であったのであった。

*

私ども新兵も古兵（こへい）も、寝るのは板の間に藁（わら）を敷き、その上へボロになった毛布を敷き、ボロ毛布を二人で一枚かけて寝た。十二月だというのに結構それで寒くなかった、その代り新兵室のわれわれは忽ちのうちに虱ッたかりになり、退治するヒマがないからでもあるが、夜中に便所へ飛ンでゆき、用がすむまでに手の指を少し動かすと、二つや三つの虱はすぐとれた。新兵は前いったように、一組のボロ襦袢袴下と一組のボロ軍衣袴しか渡っていないので、洗濯することが出来なかった、もっとも洗濯のヒマもなかった。朝飯前から晩飯後まで、術科と学科に追いかけられていたからである。

私は新兵時代に上等兵や古兵の靴を、そうそう磨いたことはなかった、私以外の新兵もそうであったと憶えている。その代り週番上等兵がその日その日指名した当番の新兵は、その助手みたいなこともやったし、上等兵の半長靴を拭いて油を塗りはした。

戦時中と戦後とで三ヵ年というもの、私は兵隊であった、そのうち二等卒時代が半年ばかりで、そのあと一等卒で一年半ばかりいた、上等兵になったのは三年目であったのだから、兵隊としては出来がよろしくない方であった。

その三ヵ年の間というもの、薪で焚きあげた飯を食ったので、蒸気焚きの飯を知らなかった。主食の容器もアルミニュームでなく、俗にメンコという長方形の木の小箱で、副食物は瀬戸引き葉銕(ブリキ)の皿であった。食堂はなく、兵舎内で箸をとった。湯呑はめいめい私物をつかった。

*

そのころの兵隊は、一週間のうち水曜日と土曜日の昼飯だけはご馳走を食った。コノシロの煮たのが一尾、蒲鉾一切れ、芋だの蓮根だの菜ッ葉などの煮たのが少し、隠元豆のキントン、と云ったようなもので、どうかすると大福餅が一つ付くときがある。この週二回のときこそ、食事分配のラッパがいう、「キントン焼き魚コテコテと持って来い」を、本当のことを吹いていると思わざるを得ないほど、うまかったのである。

がしかし、私ども新兵が、許しを受けて裸身の上に軍衣袴を着け、シャツとズボン下とを洗濯するのにシャボンを貰うことが出来なかった程の窮乏時代だけに、キントン焼き魚が有難くもあり旨くもあったのである。私などは貧乏ぐらしをしたとは云え、都会のものだが、そのころの農村出の新兵の、殆どは兵隊飯を喜んでいた。そういう者たちでも、半年たち一年近くなってくると、私ども並の口にどうもなるらしく、キントン焼き魚のこと以外では、「おいハセ、こう寝藁（ねわら）ばかり続けて食わされてはやりきれない」なぞと云うようになった。寝藁というのは切り干大根にワカメを少し入れ酢醤油の中を通過させたものの事で、その形と色とが、廐舎で馬が寝ンねするとき入れてやる藁に似ているからである。

目刺しが夕食の副食物につくことを、炊事場で偵察して来た兵隊は、行きあった限りのものに云うのである、「おい、夕食は小隊教練だぞ」。中形程度の干物の魚が昼食に一枚つくと探知したときは、曰く、「おい、昼食は各個教練だぞ」。

五平餅

河竹繁俊

さて――と考えていて、ひょいと書きとめておきたくなったのが、この五平餅（ごへいもち）なるものだ。

おそらくは、五平餅といったって、多くの人には、どのようなものか判断にくるしむにちがいない。餅とあるからは、たべ物の部類にぞくすることは言うまでもない。が、さて、手近かの百科事典にもあらわれていない程度の郷土食、郷土料理（?）なのである。この暑いさなかに、とんでもないものを思いついたものだと、自分ながら思うが、つまりはカッときた暑気に食欲が衰えて、何をがなと思いめぐらしたときに、少年時代の郷愁がふと出てきたものであるらしい。

わたくしの生れて少年時代をすごしたのは、南信濃の片田舎だった。だんだん郷土史家に教えてもらったところでは、お国自慢になるが、天龍峡のほとり、伊那の盆地は、古墳もたくさんにあり、平安時代以前から中央と東国との交通路にもあたっていた文化的土地ではあったらしいが、われわれの生い育った時分は、まことに交通不便な一高原地帯に過ぎなかった。

ただ一つ、この伊那の盆地には飯田という町があった。今では市になっているが、はるかに天龍川を東にのぞみ、北方には中央アルプスの一支山たる風越山をしょっている段丘上にある町だ。人口はたしか三万ほど。草深いとはいえ歌舞伎好きの土地で、江戸の末には三代菊五郎や七代団十郎なども巡演に来ているのだから妙な地方なのである。近年になっても、先代左団次が巡業に行って、小京都とも言いたげな、眺望のいい静かな町が気に入ったと聞いている。

この飯田の町から西のほうの郊外、木曽峠寄りに「砂払い」というところがある。そこの小料理屋では、五平餅を名物にしている。あいにくなことには、わたくしは一度も砂払いでごちそうになったことはないのだが、クルミ餅だの山ゴボウの味噌漬などと共に、この南信濃地方――飯田の名物ということになっている。

砂払いのが名物になっていても、多分夏場はお休みだろうと思うが、これは、きっと営業用に洗練されて、きれいごとになっていると思われるが、わたくしが少年時代にしたしんだ五平餅は、相当に原始的で粗雑なものだった。

*

まず、製法から。——餅という字がつくから、モチ米で作るように思われるが、モチ米は交えてもほんの一割ぐらいしか入れなかったと思う。白米にその程度のモチ米をまぜたのを普通のご飯のようにたき上げる。それを擂粉木（すりこぎ）でざっとつぶす。そのつぶした飯を少しずつ手にとって、ひらべったいムスビにする、むずかしく言えば、直径が三、四センチに厚さ一センチくらいとでも言おうか。

とにかく、白いうすべったい小さいムスビが、米揚げザルみたいなものにぞくぞくと出来る。このムスビをもう一そう品よく作るには、適当な太さの竹を輪切りにしたのに、つぶした飯をつめてポンとぬくのである。そうすれば形が統一されて、きれいごとになる。

　けれども、竹の輪でぬいたのよりも、見ばはわるいがデコボコのあるムスビのほうが、力が加わっているので、たべくらべるとうまみがあった。

　それから、そのムスビを細くひらべったく削った竹串に二つずつさして炭火であぶるのである。この串には時として傘の骨のばらしたのを適用することがある。それをあぶるためには、うなぎ屋で見かけるような細長い土を内側に塗った道具でする。それはちょっとしたウチならどこの家庭にも備えてあった。それに炭火を入れて、一本の鉄灸（てっきゅう）をわたし、串にさした五平餅をならべてあぶるのである。むろん、こげめのつかないほどほどにして、それにゴマ汁とか味噌とかをつけて、もう一度火にかざして供するのである。

　このゴマ汁は、ゴマのいったのをスリバチですりつぶし、醤油と砂糖で味をつけたもの。それを貝杓子（かいじゃくし）でどろっとかけるのだ。ゴマの代りにクルミを使ってもよろしい。味噌も砂糖で味をつけたもので、適度のやわらかさにして、これは杓子で両面に塗るのである。

　以上が五平餅の製法だ。製法といったって、別にむずかしくも何ともない、お百姓のうちでも町家でも、誰にでも出来るものだった。

なぜ五平餅と呼んだのか、その語源や由来についてはいろんな説があったようだ。五平という木地屋が作り出したからだとも伝えられているが、わたくしは、ゴマやミソをつけない前、串にさした白いムスビが御幣の形に似ているからではないかと思っている。

*

何にしても、ごちそうといっては特別なものの何もない片田舎のことだから、五平餅は手料理のうちでは一級品にぞくしていた。

遠くの親類がやってきた、それ五平餅。忙しい農家の仕事の切れめ切れめとか弔祝の行事とかいった場合にも、五平餅を焼きましょうということになるのである。

酒の席とは全く合わないものだが、老若男女ともによろこんだ。五目めしだの海苔巻などよりもよろこばれた。われわれも少年時代には、五平餅というと胸をおどらせたものだった。たいていは夕食代りに作るのだが、その残りを翌日あぶりなおしてたべるのも楽しみだった。

*

この郷愁の五平餅も、疎開して行ったとき、一、二度こしらえてくれたままで、それからはとんとお目にかからない。

東京にいる同郷人のあいだで、何かの話のついでに、そうだ五平餅会をやりましょうよ、そうしたらゼヒなどと言われても、なかなか実現はしない。

また、山の手の奥さんが、手ぎれいに作ってくれても、洋間に腰かけて、見事なウツワにチョンボリ盛って出されたのでは、じつはありがたくはなかろう。

まっくろにすすけた田舎の百姓家の炉ばたで、ぶさいくな五平餅の焼たてを、フウフウ言いながらぱくつくのでなければ五平餅らしくはないのである。

猫料理

村松梢風

　私の家には現在猫が十匹いる。どうしてそんなに猫がふえたのかというと、今から七年ほど前に一匹のメス猫が私の家へ舞い込んでお産をした。それを発見してあわてて魚屋の若い衆を頼んで子猫を海に棄ててもらった。親猫も飼うつもりはなかったが、お産をしたばかりだのにすぐ追い出すのもかわいそうだと牛乳をやったり魚をやったりしているうちに、彼女が居すわってしまったのだった。もともとどこかの飼い猫であったのが、飼い主が転居するか何かで捨てられたという境涯で、私の家へネライをつけて来たのに相違なかった。

　この地方では金沢猫とも呼ぶ、一種のキジ猫であった。伝説によると鎌倉時代に宋の船がこの猫を三浦半島の金沢へ持ってきた。その種がこの地方にふえたのだという。私の家へ来たメスは素晴らしいグラマーで美貌の点でも京マチ子以上だった。それが次々と子を生んだ。それが現在私の家にいる猫たちである。これ以上生まれては困るので土地の獣医さんに頼んで去勢をしてもらうと、運悪くその獣医さんは初めての手術とかで、親猫は腹をたち割られたままたちまち死んでしまった。息を引とる寸前に椅子にかけていた私の膝の上へピョンと飛び上がってそのまま死んでしまった。私は大声を放って慟哭(どうこく)した。私が泣いたのは長男が死んだ時と、昔愛人が死んだ時と、その次がこの猫が死んだ時と、三回だけである。

母なしになった子猫たちを私の家では飼い出した。数回に生んだ同胞たちだから実際はもっとあったのだが、よそへやったのもあり、死んだのもあって、八匹だけが残った。そこへよそから舞い込んできた奴が二匹あって、現在十四いるわけである。母猫が生きている時分は、母猫が利口であったから、よく子猫たちを統御して、晩には必ず家へ帰るようにしていたが、親猫が死んでしまうと、とうてい放し飼いでは収拾ができなくなったので、家じゅう網戸にして、一歩も外へ出さないことにし、一番上の姉猫を除いて全員を上手な獣医さんの手で去勢してもらった。

さてこの猫たちの食物だが、最初から、私のところでは飯はやらずに魚だけで育てた。初めのうちはほとんど小アジばかりであったが、段々贅沢になり、今では魚だけでも毎日六、七種になる。鎌倉名物の小アジのナマと塩なしの干物、これは主食のようなものである。ほかに季節によって多少変化はあるが、キス、ヒラメ、カツオ、ナマリ節、マグロのさし身、夏は開きドジョーも焼いてやる。それに卵の黄身、牛乳は欠かさず、ビフテキ、レバーなども時々やる。カツオ節もかいてやる。飯へかけるのでなく、カツブシだけ食べるのだ。四寸ぐらいの小アジを裂いて無塩で天日で三時間ぐらい干したのを金網で骨のほうから骨がコンガリこげるまで焼いたのを、猫も好むが人間が食べてもすてきに旨い。時々東京から上客が来るとお相伴をさせてやる。頭から骨ぐるみ食べるのだ。

さし身しか食べない奴があるかと思うと、小アジしか食べないのもある。何でも満遍なく食べるのもある。猫は習慣性が強くて、同じ小アジでも鎌倉の海から上がったばかりのを食べなれているから、どうかして東京湾の方でとれたやつをやっても決して食べない。マグロのさし身でも少しでも鮮度の落ちたのだと匂いをかいだだけでプイと向うへ行ってしまう。人間のようにもったいないとか我慢して食うということは絶対にしない。

朝夕二回魚屋が私の家へ運ぶ魚の量は大変なものだ。さし身でも何人前かを、人間の場合と同じようにツマからワサビまでつけ飾り立てて持ってくる。家じゅうどの部屋にも猫の椅子、高いヤグラ、籠などがあって、紫チリメンや、ドンスの大座布団が据えてあるし、砂箱は至るところにあって毎日その砂を取り替えるから、月に一度大トラックで海浜の清潔な砂を運んできて、帰りに古い砂を持ち去る。横浜から有名な獣医さんが十日目ごとに全員の健康診断に来る。モナコの王様くらいの生活振りだ。全く主婦連合会の奥さんたちに聞かせたら目を廻して、おこって私のところへ決議文でも持って押し掛けるだろう。その代り私の家の猫を見て「どういう猫ですか」と驚かない人はない。飼い方がいいだけだ。美男美女揃いの上に、目方も大きいのは二貫目以上あって、赤ン坊の二倍、小さい犬ぐらいある。「小ミケ」という名のオスの三毛などは二貫目あって、その美貌と気品はいかなる名優も貴公子も及ばない。

こういうわけで、私の家ではあらゆる魚は猫の食物である。しかも有名な小坪の漁場でとれたものばかりだから、東京の天ぷら屋のタネなど生臭くて私には食べられない。日本料理店へ行くと、はなから終(しま)いまで魚ばかりという家がある。それがみんな生臭いか水っぽいかだ。私は腹を立ててどなってしまったことがあるが、おこるのは私のほうが悪いのだから、よくよくでなければ行かないことにしている。日本人はよくよくの猫族である。しかもその味覚は私の家の猫にはとうてい及ばない。

むすび

富田常雄

握飯は腹のすいた時に食うもので、味がどうの、中身がどうのと云う代物ではないが、われわれの暮しには最も身近かなものである。そして、又、これは「うまかった」と言うにきまっているのである。空腹だからで、極めて簡単な話だ。

おそらく、誰でも少年時代から食べつけた、この握飯には郷愁を覚えるに違いない。私の少年時代には、時によってはお八ツの間に合わせに、このおむすびを握ってもらったし、小学校の遠足には、せいぜい、キャラメル一箱、果物一ツ二ツ、そして、梅干入りの握飯というのが常識だった。海苔巻なぞ持参の子は特権階級だったのである。

その握飯が進化すると共に堕落した。

待合茶屋で、よしなき遊びなぞに疲れ、博奕をやっている片手で、その家の女中が握ってくれた「おにぎり」を食べる輩（やから）は喉を通すだけで味もわからないで、莫大な、むすび代を払っているのだから論外だが、この節はおむすび屋が出来て、巷に一金一ッ四十円也、あるいは七十円なりのむすびが横行している。曰く、シャケ（さけ）入り、鰹節入り、梅干入り、チーズ入り、ショウガ入りには、バター入りと云うのまである。これも、銀座と新宿では大小、姿かたちも違う。飲み疲れて腹の減った客がバーのスタンドでマダムに頼んで女給に買って来て貰って食べるのは、乙なものかも知れないが、きりりと引き緊めて握ったむすびの小さな奴ならいいが、でれりと大きな奴で、いじれば崩れる奴は如何にも色消しである。海苔がかぶせてあるから大丈夫だと思い、うっかり、かぶりつこうものなら、惨憺たる光景に形が崩れて、千切れ飛び、手摑みで粒をひろい始めなければならないのだから、一週間ぐらいの恋仲では、その恋もさめようというほどに浅間しい総崩れの握飯に化する。バーなぞに勤める女給達が弁当代りに、これを愛用する。気取った幕の内なぞよりは逞しくていいが、大きく、しかも、握り方の緩慢な（強く握ったら飯が倍かかる）むすびと格闘している女給を見ていると、二度と口説くのは止そうとまで思うから不思議なものだ。

東北の百姓が握飯を囲炉裡のなかで丹念に焼いてくれたのは、うまい上に消化がわるいから、腹が長もちをするという事を戦争で家を失った時感じたものだが、東京で真似をさせたら、外側だけを黒焦げにして、中はくちゃくちゃの飯で、とても、百姓には敵わないと思った。

生まれて今日まで、私は握飯を売っていることも知らなければ、買って食べる智慧もなかった。昔、「銀めし」と称して、敗戦色の濃い巷に横行したむすびは亡国の匂いがした。

幼ない小学生であった時、私は多摩川へ学校から遠足に行って、弁当の時、あやまって地面の上に母の作ってくれたおむすびを落した。それを、級友達の手前、ひろったものか、どうかを躊躇したあげ句に、思いきって、ひろい上げ、多摩川の流れで、泥まみれのおむすびを洗った。「もったいない」という、植えつけられた観念からであったか、空腹のためだったか、あるいは、母の丹精への一片の孝心がそうさせたのかは覚えていないが、ともかく、私は流れに、そのむすびを浸して泥を落しにかかった。だが、清流の瀬は速く、勢もよくて、ハッと思った時には、むすびは崩れて白々と水底に流れ散って行ってしまった。その時のむなしい気持は今日になっても私の心を去っていない。

それにしても、おむすびを、きりりと三角形に握って、その真中が軽くへこんで居るような見事なおむすびを握ってくれるような女性の数は年々歳々減って来ているだろうし、握れるような女性は世帯持のいい女に違いなかろうと、理由もなしに思ったりする。

一個四十円也のおむすびは、あまりにつれなく、あまりに実際的である。おむすびというものは母が作ってくれるもので、母の味がするものだ。それは汝が亡き遠い母への感傷であり、むすびとは呼んで字の如く、ただ、必要上から、めしを握りしめて持ち運びに便としたものであると言うならば、それまでで、又、なにおか言わんや。

漬物 肉 果物

安倍能成

私はどちらかといえば、味欲についてもわりに執着の乏しい方である。しかし好き嫌いははっきりして居るような処もあり、何でもかでも食うわけではなく、小さい時から食わず嫌いが相当多かった。先ず日本人の多数が嗜食する沢庵が今も嫌いで、他の漬物はたべても沢庵には箸をつけない。小さい時には沢庵を入れた皿の臭気がいやで、同じ皿におかずを盛ることを拒絶したくらいであった。浅漬だとか茄子胡瓜などの糠漬も、青少年の頃はあまり箸をつけなかったが、紫の茄子が程よい浅黄色に漬かったのは、ちょっと食欲をそそったが、やはりたべなかった。浅漬も東京の料理屋で出すぶ厚く切った大根などは旨いと思うが、小さい時にはたべなかった。小蕪の糠漬なども嗜食するが、今でも外のものに比べて漬物をたべる量は少なく、先ず一二切れたべる程度である。奈良漬も久しく食わず嫌いであったが、大正七八年頃、叡山の横川に夏の一月ばかりを過ごした頃、大阪からそれをもらって箸を附けて見たところが、こんなに旨い物をどうして今まで食べなかったのかと思った。しかし奈良漬の中でも好きなのは、庄内の大山積の月山竹（がっさんだけ）という小さな筍であるが、昨年もらった大山積にそれがなかったのはさびしかった。外に関西地方の奈良漬の幼い西瓜が歯切れのよいのが好きであったが、これも漬かり過ぎると好まない。この頃の食事では奈良漬も先ず一切くらいを茶漬でたべる程度である。だが一般的にいって私は漬物の味を解する方でないに拘らず、朝鮮の漬物の沈菜（キムチ）の味には引かれる所がある。朝鮮の家庭では漬物作りは大事な年中行事で、金持の家ではそれを漬けた甕の多きを競い、貧しい人も娘を女中にまで出して、それを漬けることもあると聞いた。私の知る処では沈菜は白菜でできて居るようなもので、それに松の実、明太魚（メンタイ）の乾物、なども配せられ、唐辛子の辛味と大蒜（にんにく）の香とを我々が僻易する程きかせたものだが、それが中々複雑な味を持って食欲を刺戟することは、変った香や臭を嫌う私をも引きつける力があった。

北鮮の平壌などは冷気の為に唐辛子を使うことが少ないと見えて、我々には食べ易く、適当に酸味のできた沈菜の汁を、たしかオボクチャングとかいったと思うが、うまい朝のそばの後で食うと、満腹の胃の腑にすっとその液が通るような快感をさえ覚えた。

沈菜の序に今一つ朝鮮料理のことを話すと、雪濃湯（ソルヌンタン）というのがあった。湯は中国料理と同じく汁である。これは天水桶ほどの大きさの鉄鍋に、牛の骨を毛のついた頭までグツグツ長い間たいて、白い汁を煮出すので、雪濃湯の名もその色から来たのであろう。酒幕と呼ばれる民衆の飲屋では、この汁を実に粗末な野味ある土器の鉢にもって、塩で味をつけ肉片を四五片投じて出すのだが、私は食わず嫌いの多い食物はにかみ屋の癖に、こういうものになると努めずして勇気が出て来て、その野味を敢て嗜むことができた。こういう飲屋は皆土間であり、煮えてほとびた牛の頭がそこいらに置いてあることもあった。まあこれは成吉思汗鍋などとは又違った大陸味であろう。

私は一たいに魚肉よりも鳥肉、獣肉を好む方で、イカ物食いの趣味はないが、今まで食べた普通の家畜や野獣の肉で嫌いなものはない。大正の末頃信州の梓村に暫く逗留した時、主人の大酒家にお附合はできなかったが、その時初めて牛の臓物の附焼を御馳走になって旨いと思った。東京の普通の西洋料理屋では、殊に私などはきまりきった招待が多いせいか、殆ど牛の臓物に接することはない。わずかにソーセージなどにレーバーウルスト（肝臓ソーセージ）とかブルートウルスト（血液ソーセージ）などを食べるくらいである。馬肉は殆ど食う機会がないけれども、豚肉は家畜の肉中でも一番多く食べて居るかも知れない。トンカツなどは大好きである。羊の肉は昔から中国ではうまいときまって居て、美という字も善という字も、もとは羊の字から来たのだということを聞いたが、三十年前頃ギリシャを旅行した時は、二月の初であったのに、快晴の気候は日本の六月頃に似て、歩いて居ると足裏が熱くなるような気持がする処へ、毎食出るのは羊の肉で、その臭が鼻についていやになった。アテーネの街路を歩くと、少女が毛をむしった羊を持って歩き、その羊の首がぐたんと少女の肩に垂れるという光景も眼にとまった。

今成吉思汗鍋と称して厚い牛肉の炙(あぶ)ったのを、東京で一二度食ったことがあるけれども、感心しなかった。私が一番旨いと思った成吉思汗鍋は、今から三十余年前の昭和三年の三月に、北京の前門（チエンメン）と称せられる正陽門外の正陽楼で試みたものであった。これは大きな火鉢の上に、中高の頑丈な金網をかけ、その上で大切れの羊肉を炙って、好い加減に焼けると、それを店の秘伝とかいう、きざんだ生菜を配した一種の三杯酢につけて食うのである。羊の脂肪がヱホバの祭壇の如くにもうもうと上るので、それは室外の庭で炙られる。大火鉢を置いた台に六七人が片足をかけて、この原始味の豊かな（多分は蒙古系の）料理を食うのは愉快である。雪片がちらちらと降る夕などは、その味は一層深いであろう。

一九二八年の秋中共を訪問した時にも、北京の北海かの側の料理屋で、この鍋の御馳走になったが、その味は到底正陽楼のに及ばなかった。

鳥の肉もまずい鳥、例えば烏などのを食ったことのないせいもあるのか、今までまずいと思ったものはない。しかし或る人がいって居たが、獣では牛、鳥では鶏が一番旨いというのが、どうも本当のように思える。外の鳥獣の肉はこの両者ほど度々食うわけにゆかぬので、味が変って面白いことも、又牛と鶏とはよく食うから平凡な味と思われるようなことも、又この二つとは別な味を持って居るところから、両者にまさると思われることもあるので、本当はいつも食って居ていつも旨いこの両者には及ばないのではないかと思える。私はあまり通をいう資格もなく、又むやみに人工的な通をいうペダントリイを嫌悪するものであるが、私の時々御馳走になるのでは、浅草の金田の鶏などは、食べ過ぎても鼻につかず、肉も雑物も殊に皮が軟かくて旨いと感じる。野鳥の味も中々旨く、一二度かすみ網によばれて、それにかかるつぐみに舌鼓を打ったこともあるが、日本で著しく野鳥の減ることなどを聞くと、求めてそういう饗宴に出たくもない。野鳥といえば私の中学の同級に、名も覚えて居る長野惟義というのがあって、学校の成績はよくなかったが、からだがスマートでおしゃれで、年も私より二つくらい上だったが、何事にも器用で自分で鉄砲を打ち、又とった小禽の料理ができたらしい。その男は、何が旨いといっても、小鳥くらい旨いものはないといったが、その御馳走にはなる機会を逸してしまった。彼のにきびの多かった細長い顔は、今もありありと覚えて居るが、中学以来消息を知らない。郷里に帰ってもうわさを聞かない。もうとくに死んだのかも知れない。

私が老来殊に嗜むのは果実である。やはり年寄には空腹感の方が快適だから、性来の大食はいつの間にか減って、今は朝はクラッカー三四片に牛乳か又はオートミール、昼はパン二三片に肉片、たまにはスープ、夜は飯二杯に汁と肉に野菜を添えたものくらいだが、果物はこの頃なら梨か林檎がまる一個、もしくは葡萄一房、いつの宴席でも私が一番果物を食って、なお足らずに食わない友人のを分捕る有様である。しかし無花果のように甘くて汁の少ないものは好まぬ。やはり蜜柑類が一番好きである。しかし又栗のような乾果、これも砂糖で甘くしたきんとんよりも、よい丹波栗のうでたの、又は焼いたのがすきである。美濃の中津川の「すや」という菓子屋の栗きんとんを、森田たまさんや谷崎君から近頃もらったが、これは砂糖が利き過ぎず、栗の味が損われないでよい。

附記　この文章を書いて封じた後で、九月号「あまカラ」、中川三吉郎氏の「北京の烤肉」を読んだ。「烤肉苑」「烤肉李」「烤肉王」など有名な小店があるそうだが、中共になって私のいったのは、奥野信太郎君のかつてよくいった店だから、恐らく通人のゆく小店であったろう。名を忘れたが奥野君は知って居るであろう。私の記憶では正陽楼のは焼けた鉄棒ではなく、針金でない中高の鉄網といっても、編んだのでない鋳た網のようなものであった。中川さんの文章を読んで焼餅のさっぱりした味を思い出したが、酒の味を解せぬ私は、中川さんと共に白乾児(パイカル)を語り得ないのを遺憾とする。

春菊の香りと味　外国での日本の味など

笠信太郎

外国にいると日本の食べ物がほしくなるのは普通のことだが、その滞在が長くなるにつれて、食いたさはいよいよ痛切になるものであるらしい。らしいなどというが、それは、私の経験では確かにそうだが、ひとのことはどうだか知らないから、そういうほかはないのである。

滞在が長くなれば、その土地の食べ物にだんだん慣れそうなものだが、実際はそうでない。むろん土地の美味をわるいと思うわけはないが、いろいろとそういうものを食うにつけて、どういうものか、日本のものが無性にほしくなってくる。これは、われながら不思議であった。もう帰国も間近かだということがわかっているのに、却って募る思いでソバやスシのたぐいが欲しくなる。もちろんこれは、人によってちがうことであろうし、私は特別の食いしんぼうであるにはちがいない。

それに、ヨーロッパの一人暮しということもある。朝食は、コーヒーぐらいで簡単に片付けるにしても、すぐに昼だ。昼は何を食おうかと考える。夜は夜で、昼と同じようなものは気がすすまない。またあのレストランか、と考えると、もうメニューまで暗記しているくらいだから、鼻について仕方がない。かりに都合よく女中さんを雇えたにしても、女中は朝食がすむとすぐ、昼は何がよい、夕食は何にするか、と一日のプログラムを一緒にみんな聞いておかないと、買出しが不便だ、自分の時間がうまく使えない、これでは困る、と必ずいい出す。これも中々うるさい次第で、外国での一人暮しは、食うことをいつも考えていなければならぬようなハメに陥ってもいるのである。

私は、面倒臭くなると、レストランではよくスパゲッティを注文したが、その度ごとに、ああウドン屋があったら、と何度考えたことだろう。ナプキンを使ったり、チップを考えたり、そんな面倒なしに、簡単で、気楽で、午後の三時であろうと、四時であろうと、時間などには頓とおかまいなく、おなかのすいた時に何時でもあの暖簾に飛び込めるのにと、なんども考えた。戦争もすんで、日本からの仕送りがばったり絶え、だんだんふところが淋しくなってきたことも、恐らくこの気持を手伝っていたにちがいない。もっと安くて、ぴったりくるウマいものが、しきりに恋しくなってきたのにも、そういう道理はあったかも知れぬ。

　私はスイスでは、おもにベルンに住んでいた。青いアールの水が、深い谿谷を作って町の中を一めぐりしている。その水が郊外に押し出されると、やや河幅も広くなり、ゆったりと流れている。その河岸に、離れて二軒、川魚を得意とするレストランがあって、生簀に川鱒や鯉に似た川魚を生かしている。この生きた魚が、この山国の生活では大なる魅力で、私も時々川鱒の青煮や、唐揚げを食いに行ったが、やがてそれでは飽き足らず、新しい欲望がわき出してきたものである。あの鯉を、一度、あらいにして食ってみたい……。

　こういうわけで、私はレストランの給仕に、まず刺身の作り方を講釈した。給仕では間尺に合わぬと知った私は、とうとう炊事場に乗り込んで、ざっと通す湯加減はこのくらいと、初めは湯に手を突っこんで教えるほかはなかった。

これで大丈夫だろうと、アールの流れをながめながら、それでも何が出てくるかと、待ちあぐんでいると、これはしたり、鯉は骨のまま薄く丸切りにされて、大皿の上に乗ってきた。Aller Anfang ist schwer で、これは説明がまずかったのだ。いや、ドイツ語がまずかったのだろう。改めて、事細かにやり直して、やっと鯉のあらいらしいものが出来上るまでは、少々手がかかった。しかし、二度目、三度目と経て、おしまいには、切身をちゃんと、ぶっかき氷の上にのせ、ツマまでつけて出してくるようになった。むろん醬油は小さなビンに入れて、自からご持参である。

一度私は、知り合いのドイツ人をここにつれて行って、この鯉のあらいをご馳走に及んだことがある。これはウマい、といって食いはしたものの、まあお世辞だろう、と私は思っていた。ところが、暫らく日をおいてから、そのドイツ人に会ってみると、先生のいうのに、その後ひとりであの河岸のレストランに行き、例のあらいを注文して食ってきた、あれは中々おいしいですよ、というような話である。私はこのドイツ人のイカモノ食いにも面食ったが、それよりは、私の鯉のあらいが、あの川魚屋のメニューの一つになりかけているのに少々あわてた。

いま私は、醤油持参でと書いたが、実は戦争末期のヨーロッパには、どこを探しても、日本の醤油などは一滴もなくなっていた。私の醤油は、自製の醤油であった。といっても、製法の特許は私のものでなく、スイス公使館でコックをやっていた海宝君の伝授であった。しかし私は、その製法を今でも忘れていない。最初に、白砂糖をナベの底でとかして、濃い焦茶色になるまでこがした。そこに、水を入れて沸騰させると、色だけはもう醤油である。これに、あの即席スープに使う固型のマジーを多量にぶち込んで煮た。しかしこれではマジーの臭味があって面白くないので、これに安い白ブドー酒と酢を少々入れ、塩で調子を作り出す、というのがその秘法であった。キッコーマンとはゆかないが、代用程度にはまずは十分、と私には思えたものである。もっとも、当時の私の味覚のほどが、問題でないとはいわぬが。

何れ（いず）にしろ、醤油は、日本の味の基調であって、われわれのように醤油の色や匂いが、このからだの細胞の一つ一つに沁み込んでしまっているような年配のものには、これなしには、遠く祖国を離れて郷愁に打克つことはむつかしいのである。そこで、この特許の醬油は、なかなかの貴重品であった。前に私は、この誌上で大ウナギを焼いた話を書いたことがあるが、そのときのタレも、ほかならぬこの特製の醬油を煮つめて作ったものであった。

だんだん話が臭くなってきて恐縮だが、人間切羽詰まると、いろいろ発見（?）もするものである。

ソバがもう大分前から食いたかった。しかし、そんなものはこの文明国では食えないとあきらめていた。ところが或る日、私は、乾物屋の店先でソバ粉を発見したのである。これは何だ、ときくと、ブッフ・ワイチェンだと答える。ブッフ・ワイ何を造るものかときくと、犬のビスケットを作るんだと答える。ブッフ・ワイチェンがソバだということは知っていたが、犬のビスケットが出来ると聞いて、これはいよいよ間違いないナと考えた。そこで、人間様が食うのだとはいわずに、少々買ってきて試みてみると、まさしく正真正銘のソバである。これはシメたと思った。もう一度例の乾物屋に立寄って、あれは一体どこから来たものかと訊いてみたら、戦前にポーランドから来たもので、もう残り少いという話である。私は、その少い残りものを買占めて帰ったが、やがてその虎の子も、すべてスパゲッティを製る機械にかけて、本場の更科を打ち出し、胃の腑におさめてしまった。

　私の町にソバ粉がなくなってしまったのは残念で仕方がなかった。思いめぐらした末、私は、電話帳をめくって、スイスのあちこちの田舎の町にある乾物屋十数軒にハガキを書いた。案の条、効果はてきめんで、二、三軒からすぐに現物を送ってきた。アッペンチェーレという地方の乾物屋さんからは、物は送ってこなかったが、「品切れで残念です。が、こんな山奥まで探ね求められるとは、よっぽど可愛い犬をお飼いですね。犬の名は何といいますか」と、こちらの腹の底を知っているようなハガキがきた。アッペンチェーレという地方は、洒落と皮肉を飛ばすので有名なところなんだそうな。

　この伝で、私は、糠を探してみた。申すまでもなく、ヌカ味噌が恋しくなったからだ。ところが、米のないこの国のことだから、ヌカがあろうはずがない。ところが、田舎を歩いていたとき、百姓家にはいって牛小屋をのぞき込んでいたら、牛がどうみてもヌカのようなものを食っている。あれは一体なんだ、と百姓さんに訊いてみたら、あれは「ふすま」だという。なるほど、小麦のヌカのようなものだ。それなら、珍しいこともなさそうだとは思ったが、私はそれをヌカみそ代りに使ってみた。私の評価は、ここでも相当なものであるが、肝腎なことは、これには塩を入れるばかりでなく、白ブドー酒をぶち込んでおくことである。何しろブドー酒一本三円（戦前の）ぐらいからある国で、ヌカみそにブドー酒を入れたからとて、別段たいした贅沢の沙汰ともいえないのである。あれを作るのは、パン屑にビールというのが、あちらの日本人の間の通り相場だが、私のはいささか新境地を開発したものであった。

いよいよ蓋（ふた）でもしなければならぬ話になってきて、あまり自慢にはならぬようだが、発見といえば、私はやはり乾物屋の棚の上に生姜（しょうが）がのっかっているのを発見して、大いによろこんだことがある。

その生姜は、からからに干からびたものであったが、それを買ってきて、暫らく酢につけておくと、やがてだんだん生気を取りもどし、膨れ上ってきて、生き生きとして辛味のきいたナマの生姜に生まれ返るものだということも、当時の私の発見である。もし、腕ききの人があったら、たちまちこれを紅に染めて、紅生姜をふりかけた散らしずしを作り、古い日本の色と味を、味あわせてくれるだろうに、といった想像を食った次第であった。

それからまた私は、グリンデルワルドの山の中で、大きな立派な蕗(ふき)を発見して、これが食えたらと意気込んで宿に持ち帰ったら、あれは牛の食べ物ですよと、ブラバンドのお婆さんにたしなめられたときは、さすがの食いしんぼうも、少々面目失墜の思いがした。

人間がそれを食う食わぬは別問題として、日本の食い物、特に野菜のたぐいなどは、大方は中央ヨーロッパにもあるというのが私の経験だが、ただ春菊だけが欧洲にはないようだ。あの春菊の香りと味こそ、日本のものだが、その春菊のタネひと握りを、田中路子さんが私にくれたことがある。私が爆撃下のベルリンにさよならをして、スイスに行くというときであった。この春菊の種は、ベルンの庭で芽を吹くには吹いたが、みんな小鳥についばまれて、ついに育たなかった。

今でも、路子さんの名を聞くたびに、私は、あのあざやかな青い葉を伸ばしかけていたスイスの春菊のことを思い出すのである。

オフ・ア・ラ・コック・ファンタスティーク　空想半熟卵

森　於菟

夜仕事につかれて空腹のまま寝たりすると、ときどき妙な夢をみる。夢というか幻想というか、ともかく尋常でない夢である。食を求める食いしん坊の胃袋と、職業意識がかさなって幻覚となってあらわれるものらしい。その内容を公開すると、読者はゲンナリされるかもしれないが、事実だからいたし方ない。一口に言うなれば、ぼくは冷めしに細菌のふりかけをかけて、それを懸命に口にかき込んでいるのだ。しかも細菌の内容たるやコレラ菌、チフス菌といったしろものだ。それを白子干(しらすぼ)しのように飯にかけて食べるのだ。

人を殺すような細菌も生きていればこそ有害なのだ。彼らでも死んでしまえば、醤蝦(あみ)や白子と変りあるまい。ぼくらが旨いと思って食べるうにの卵巣や鱒の精虫、つまりしらこと同じことである。死んで無害になった結核菌を何千億とあつめてそれに味付けして食べたら、一生結核にかからない抵抗をつくるとともに、案外世界で一番ぜいたくな料理の一つになるかもしれない。というのは後からつけた理窟で、真相は昼間の研究室における仕事と夜中の空腹とが協力してつくりあげる悪戯(いたずら)らしい。

ところでぼくの教室の塵芥箱(ごみばこ)をみたら、ここは大学の医学部ではなくて料理学校に来たのではないかと錯覚する人もあろう。それほどぼくの教室では大量の卵が消費されるのだ。といっても人間の胃袋に「消費」されるのではない。オムレツやスクランブルド・エッグなどを作るために卵が割られるのではない。むつかしい言葉でいえば卵殻外発生の実験のために卵が必要なのである。ひらたく言えば、卵を殻の中でなく、素焼の壺の中でにわとりにする実験である。といっても実験のほんとうの目的は壺の中でにわとりを作るという手品を行うためにあるのではなく、ただ卵殻の外で卵を発生させると生物学的観察および種々の実験にいろいろ都合がいいからである。

デリケートな卵は気体が汚れていると細菌にすぐ感染してしまう。だから完全に滅菌された容器の中でさらに殺菌灯で無菌状態にした空気の中で育てられなければならない。孵卵器の中で少しずつ発生してゆく雛をみて、旨そうだなと思うときがある。生物学の実験者が観察の対象に対してこんな食いしん坊心をおこすのは、久米の仙人の迷いと同じ大罪である。色欲のほうはとうに駄目になってしまったが、映画『七つの大罪』で女の寝床を抜け出してうまそうなキャマンベール式のやわらかいチーズに誘惑されるあの尊敬すべきグルマン、田舎ドクター氏に大いに同情の念を禁じえないのだ。しかも素焼の中の卵は各発生段階によってその旨みがちがうようだ。なかには気味が悪いという人もあろうが完全滅菌ずみであるのでその点は保証ずみである。また現に南方では発生中途の卵を食べるそうだ。

助手君はときどきぼくに見てくれと言いにくる。そこでぼくはしかつめらしい顔をして孵卵器の前に立つのだが、腹の空いているときなぞはもうぼくは食いしん坊の大罪を犯しはじめているのだ。これはフライドエッグにしたら旨かろうな、あれは質のいいバタをのせ、コニャックをふりかけ、ブケをそえ、香料をうんときかせて、最後にエダムチーズをうんと振りかけて、オーブンで焼いてみたらどうだろうな、などと考えている。そのうちにぼくの眼前には顔中を皺だらけにして笑みを浮かべている、あの料理のオバサン、江上トミさんの顔が浮かんでくる。「未熟のお雛もこうして召し上がりますとおいしーくお召し上がれになれます。パセリなどをお添えしてどうかお熱いうちに召し上がって下さいませ。今日のお料理、いかがでしょうか。ぜひ一度おためしになって下さいませ」。

　あやうく涎（よだれ）が垂れそうになりはじめた頃、助手君は「先生」という。ぼくは、江上さんにつられて眼じりを下げていた顔を権威ある教授の顔になおしてふりかえる。そして学問に関しなかばモーロクしかけた師よりもはるかに熱心な弟子にむかって質問の内容をききなおすのである。

　卵の殻のほうにも空想がある。いや空想というよりも意地きたないぼくは、きわめて現実的な提案のつもりだ。時間がないので実験はしてみないから、可能か不可能かはわからないが、どうもできそうな気がする。ぼくが考えているのは色変りの半熟卵だ。

　ぼくは半熟卵が好物だ。毎朝古女房に半熟卵をこしらえてもらって、白い瀬戸のふちで生あたたかい白い楕円形をコチンとたたくときの気持はなんともいえない。それを二本の指でカッと開くとどろりとした白身が湯気をたてて黄身といっしょに落ちてくる。スプーンで殻の内壁についた白身を削りとり、それに塩か醬油をかけ、あるいは女房の眼を盗んで化学調味料をちょっぴりかけ、それをスプーンでしゃくって食べる。貧乏なぼくにはそれが涙がポロポロでてくるほど旨いのだ。下手な宴会料理なぞよりはるかに旨い。

　ところでぼくはこうして毎朝卵を一つずつ充分満足して食べているのだが、自分の幸福に満足しながらもときどき思うことがある。「もう少し複雑な味をした半熟卵があったら旨かろうな。中に蟹(かに)や蝦(えび)や蝦蛄(しゃこ)なんかが入っていたらさぞ旨かろうな」。そこでぼくが眼に浮かべるのは教室で大量に割られる卵の殻だ。教室で卵が割られる場合、特殊技能をもった技師君がいて、彼が鑢(やすり)を用いて実に正確に卵を割る。ぼくがコチンと茶碗のふちで割るように、破片を飛び散らせたり、割れ目にギザギザをつけたりしない。つまりぼくが半熟卵に舌鼓をうちながらも、眼前にちらつくのは彼が割った卵の正確な割れ目である。そして、ぼくは彼の技術を採用すればもう少し複雑な味をした半熟卵が食べられそうな気がするのである。

ぼくが考えている料理法はこうだ。まず彼に卵の端に近い部分をきれいに割ってもらう。そして帽子をとるようにその部分をとり除いて、次にそこから卵の内容物を外に出す。容器にあけた卵にあらかじめ茹でてある蝦を入れたり、マシュルームを入れたり、バタを入れたり、香料やストックを入れたりいろいろ工夫をこらすのだ。銀杏（ぎんなん）を入れてもよい。卵をかき混ぜるか、そのままにするかは専門の料理師に研究してもらう。ともかくもいろいろ味つけがすんだ卵を、もちろん量を少し減らさねばならぬが、もう一度殻の中に戻す。この入れなおすのには、これもぼくの研究室でつかっているにわとりよりも大形のあひるの卵の殻を利用するのも一案だろう。実際、神業に近い技術をもつ技師君は鶏卵をあひるの卵の中に移しかえ、それを孵（かえ）す実験をやっている。さて卵の帽子をキチンとかぶせ、熱に強い特殊セロテープでふさぐ。途中で爆発しないように注射器かなにかで空気を除く工夫も必要だろう。あとは半熟卵を作る時と同じ要領だ。もちろんカラザなどが破壊されているので茹卵にした場合には黄身が中心にこないが、ぼくのねらいは半熟にあるのだから問題はない。黄身を崩した場合はさらに問題はない。

　これがぼくが毎朝古女房に茹でてもらった半熟卵を充分満足しきって食べながらも時々思うことである。いろいろな複雑な味をもった半熟卵ができたらどんなに素晴らしいことか。こんな料理、ぼくの知らぬ間にすでに存在しているかもしれない。けれど、いまだ誰も試みたことがないとするなら、料理専門家の方々よ、毎朝半熟卵で涙を流す余命いくばくもない食いしん坊の老人のためにぜひ作って下さるまいか。そして、その新料理がぼくの名にちなんで命名されれば、ぼくの感激これにしくものはない。というのは、才能とぼしきゆえ、一生を捧げた科学の世界ではぼくの名はどうやら後世に残りそうもない。せめて半熟卵にでもぼくの名が残されるならば、遠い子孫のうちに新案半熟卵を毎朝食べながら、こんな先祖もあったのかと思ってくれるものもあるかもしれないから。

筋の通ったはなし

名取洋之助

　私の「食いしんぼう」は親譲りです。この道に入ったのは小学校四、五年の頃、日本橋仲通りにある、「甘鯛の照り焼」のうまい家に母につれていかれ、酒を一本つけさせ、「お前は男だから」とまず私に盃をくれた時に始まるような気がします。その時の母の様子や店の一部は眼に浮かびますが、店の名前や味は思い出せません。その頃で味を覚えているのは、四谷見附の「三河屋」のすき焼の味です。あそこの玄関の大きな衝立（ついたて）も、よく覚えています。

　当時、父が京都に仕事を持っていたので、休みにはよく京都につれていかれました。そして印象に残っているのは「菊水」という鳥屋です。二重か三重になったしゃれたおかもちで運んでくる料理、特に菊水の紋入りの「麩（ふ）」は、味ではなく、子供の驚きと言いますか、そんなことでいまだに忘れません。その後大人になってから何度か、その店を探しに行きましたがわかりませんでした。何か川の側(そば)の路地を入ったところのようだった、というのが唯一のたよりです。ここへは何回か母と二人で行きました。京都という旅先の土地のせいか、また、母がその頃なにか寂しかったのか、私の子供心にひどくたよりない、寂しい印象が残ったのでしょうか、今でも、母と二人きり、広い、大きな、大きな部屋にポツンといる夢を見ます。そしてその夢のあと、いつもこの店を思い出します。

この京都への旅では、「汽車弁の味」を覚えました。大船のサンドイッチのキャベツ、国府津(こうづ)の洋食弁当、山北(やまきた)のすし、静岡の鯛めしなどいつの間にか覚え、今でも汽車に乗ると、つい「駅弁」に手が出、昼飯だけに二度、三度、駅にとまるたびに買い、周りの人には恥ずかしいのですが、我慢できないことがあります。もちろん、浜松の浜なっとうを甘なっとうと間違えて買ったり、米原(まいばら)の鮒(ふな)ずしを弁当と間違えたりの失敗も、その時の恥ずかしさまでもよく覚えています。

「食いしんぼうは旅好きでなければ駄目」「食いしんぼうでないのは、本当の旅好きでない」「連れが食いしんぼうでないことほど、旅をつまらなくするものはない」などと、「旅」と「食いしんぼう」の二つが一つの道であるのを、覚えだしたのもその頃のことでしょう。

次の中学生時代は、運動部の先輩に連れて歩かれたことからです。横浜の南京町の中国料理、ここの「異国情緒」の味も、私の「食いしんぼう」の道楽に輪をかけました。三十年以上たった今でも、その頃の思い出と、安直な「旅の味」を味わいに、子供などを連れて出かけていきます。

この頃から、今日まで続くきまりの店がぼつぼつできだしました。前の南京町の中国料理もその一つですが、銀座のてんぷら「ハゲ天」などもその頃からです。旅先などでは、知らないこともあり、気軽にやたらな店に飛びこむこともできるのですが、東京は自分のホーム・グランドだと考え、慎重になり、一食でもまずい物を食べては損と思って冒険をせず、結局、いつも行きつけのところへ行ってしまうことになります。

床屋などもそうで、中学の時刈ってもらっていた店の系統を辿り、その主人についてこちらが動き、今でも渋谷から神田まで通っています。料理のほうも同じことで、主人が働かなくなった店や、代替りになったところは、どうもしっくりいかず、だんだんに遠ざかってしまうところができてきます。これも考えようによっては、こちらが年をとったことになるのでしょう。私も五十を越したのですから、私の中学時代の店の人が隠居をするのも当り前でしょう。また、店が大きくなってまずくなり、こちらがやめた店もいくつかあります。屋台から知っていた焼鳥屋、ビルの裏口の階段下のようなところでやっていた洋食屋などうまかったのですが、一つは大きくなって手が行き届かずまずくなり、一つは大きくして借金ができたとかで、どこかへ行ってしまいました。

中学を出ると日本にいられず、母とドイツへ行くことになりました。母は一、二年おりましたが、その間、料理のまずいことをいつも悲しがっていました。私は五、六年ドイツにおりました。それで我が家の自称名物料理に、その頃の名残があります。一つはつめたいハンバーグ・ステーキ。これは何のことはない、普通の合挽きのハンバーグ・ステーキ、前の晩少し余分に作っておき、翌日冷たいのを食べるだけのことですが、日曜の朝など、新聞を読み読み、これを黒パンにのせてゆっくり食べていますと、ちょっとデラックスな感じがあるものです。また、生ニシンのフライを、玉葱の輪切りなどと一緒に一晩酢づけにしたブラート・ヘヤリングも、家では皆に喜ばれています。これはビールなどによくあうので、客などあると、つい朝を待たず私がつまみだします。すると家内や子供に睨まれますが、それでも食べていますと、人前もかまわず、子供たちは箸を持ち出してつまむ仲間に入ってきます。

私はドイツで働きだし、自分で金を取るようになったのですが、その頃から今日まで、借金と月給の前借りがきまりのようになっていましたが、借金を払って月給の残りがあると、うまいもの屋に行くのがまたきまりでした。ドイツの家鴨の手羽や臓物の煮こみ、屠殺日のミキスト・グリル、ユダヤ料理の家鴨のローストや鯉の煮こみなど、思い出しては唾をのみこんでいます。

日本に帰ってからは、四、五人の同人と仕事をはじめたのですが、のみすけ揃いのこととて、毎夜飲んで歩いていましたが、二十四、五の頃のことで、飲むのが精一杯、味を云々する余裕もなく暮してしまいました。少し落ちついてからは、また一、二軒、きまりの店ができました。今も月に何度か行く「すし仙」などもその頃からです。向うもちょうど店を始めた頃でしたが、私は日本一のすし屋だと思っています。ここのあなごのうまさ、特に煮たてのもの。ただ一つ残念なのは、昔は赤貝など、私たちの顔を見てから作ってくれたので、磯の香もゆたかにおいしかったのですが、近頃では、朝支度してしまって冷蔵庫に入れておくので、味が落ちました。それを言うと、「そんなことを言っても名取さん、お前のところでは今頃作るのか、と、まだるっこいとお客さんに怒られてしまいます」と弁解しますが、本当は手間の問題でしょう。それにお客さんもあまりやかましいことを言わないからでしょう。この店は嬉しいことに、もし私がルンペンになっても、月に一度や二度はただですしを食べさせてくれると言ってくれます。パリの地下鉄のアル中風のルンペンを見てから、どうも私の行末はあれになりそうな気がしているところなので、この申し出は全く有難く受けています。

次の戦争時代は、その多くを上海ですごしたため、申し訳ないことですが、うまい中国料理を食べてすごしてしまいました。その罰でしょうか、終戦と同時に、膵臓（すいぞう）エソ、膵臓ノウシュ、腸閉塞と三大病気を一年間のうちにし、三度腹を切り、十年後には糖尿病となりました。しかし、これも「食いしんぼう」のかかるものにかかっただけで、かえって筋が通っているとも言えましょう。

さてその大病後、道ばたの「南京豆」、サッカリンから黒砂糖と、ようやく十年たって、世間も自分の財布も、いくらかおいしい物が食べられるようになりました。そして五年前中国に招待され、北京で北京料理、四川で四川料理と、本場で本物を食べる幸福にあい、一昨年、昨年と、二度ヨーロッパに行く機会に恵まれ、フランス料理、スペイン料理、イタリー料理、そして思い出のドイツ料理を堪能できました。それも「食いしんぼう」の同行者つきという幸運があったのですから大変でした。しかも今年もう一度、ヨーロッパに行けそうなので、全く春来たるの感がいたします。

ただ一つ気がかりなのは、昨年暮から風邪をこじらして、母が入院していることです。私は毎日何か食べものを持っては病院に通い、二人で飽きることなく食べものの話をし、私は話だけで唾をのみこんでいます。母のベッドの脇の台の上には、この「あまカラ」から婦人雑誌の付録の料理の本までのっています。「食いしんぼう」は食べものの話をしている時が幸福です。この原稿もまた母の眼にふれるでしょう。それをタネにまた二人で話しあう。楽しい「食いしんぼう」の時間です。

母がなおったら、二人で関西に旅行をし、母は私の看病のお礼に「大市」のスッポンを御馳走してくれるそうですし、私は母に、神戸の「青辰」のパリパリしたあなごの海苔巻を、全快祝いに御馳走する約束をしています。

魚へんの旅

岸本水府

名神ハイウェイもはじめてだろうから車がよいと誘われて、五台に四、五、二十人、番傘の一行と郡上踊（ぐじょうおどり）見物と出かけた。途中休んだが、朝九時に出て昼岐阜についた。

ひるめしはおのおのすきなものを注文した。私は、ここへ来たら木曽川のうなぎが一番だと心にこたえて、「まむしを」といった。みんなに笑われて気がつき「うなどん」といいなおした。

大体うなぎのことを書いた本を見ると「関東でかばやき、関西ではまむしという」とあるのが多い、まむしとはかばやきのことではない。飯のはいったあのどんぶりのことである。ついでにいうが、東京新橋の大和田で、「うなどん」

と注文したら、おかみさん妙な顔をした。「手前の方はどんぶりじゃございません。ぬりもののお重でございます」といったような顔だった。と、いうのは壁の品がきにも「丼」の字はなく「重」の字ばかりだった。ああ、いなか者だなとおもった。

岐阜のまむしはうまかった。大阪人は東京風な黒いタレをすかぬ人が多いが、私はこの方がすき、こくがあって大阪よりあまロ、かおりがいい。ただうなぎの切り方が小さいのが気になった。岐阜から奥美濃郡上までは三時間かかった。山道には「危険」「断崖」「落石注意」の札が、おどかすように送迎する。こわい目をして盆おどりを見に行くのもつらいことである。盆おどりといっても、ここのは七月中ごろから毎日のように八月の末までおどりつづけるのだからすごい。郡上おどりは「かわさき」「三百」「春駒」とあり、まだ五、六種もあるらしい。みなおどりの手がちがうから「旅の方には免状をさしあげる」という意味の貼紙があったが、一晩で三種類おぼえる人はまあないらしい。一行のうち七、八人は去年木曽へ行って、免状をもらって帰っているので、郡上おどりの免状がもらえないのをくやしがっているのもむりがない。「三百」のうたの中には「おらが若い時きゃ何もかも仲間、なすび汁見りゃなお仲間」「おらが若い時きゃどじょうすいて来たに、おかかなすびのホゾ取りやれ」というのがある。このあたり、うまいなすがとれるらしい。

郡上の宿は、吉田川のほとり三富久だった。ここの夕食に鮎が出た。出たどころではない。酢の物、塩やき、魚でん、とつづけ様に大きなやつが出た。これは知恵がないとおもった。一行の中には女こどもが七、八人もいたのに、客を困まらせる料理のような気がした。

鮎の酢の物など酒のみでないと味がわからないし、三度目に出る魚でんなど酒のみでも当惑する。鮎などという魚は客を見分けて出すものではあるまいか。戦前大阪の毛馬に鮎ばかり食べさせる「鮎茶屋」というのがあって、私も二度ほど行ったことがある。そんなのは特に好んで酒客同士がくるわの女でも連れて行くから風情がある。こう書いて私はその時の旧作の一句を思い出した。

妓（おんな）一せいに鮎の骨をぬき

宴会などの風景、関西の芸者、特に岐阜の芸者は鮎の骨をぬくのがうまい。そしてそれが早い。東京の芸者はカニの身をぬくのがうまい。カニのツメの先で足の身をスルスルと押して行く手つきのうまかったのを覚えている。

三富久で鮎を三びきたべさされて、飯の段になって、うなぎのかばやきが出た。岐阜の昼についでのうなぎ、これは宿の知ったことではないが、今度の旅は、ようもこんなに、おなじものがせめよせるのかと皆で笑った。

しかし、ここのうなぎは粥川（かゆがわ）というところの名物だと聞く。ここもやっぱり関東式の黒いタレに、切り方も小さい。名物にうまいものありといいたいが、うなぎはうなぎやの腕でなければ味は二番、やむを得ぬ。

それよりも、あくる朝——といっても、夜の引き明け「まだゆうべからおどってるよ」と起されて、街へ出かけた。二千人ほどは疲れもせずにおどっている。

街はおどる城のてっぺん明けはなれ

おどりすんだ朝のアベック岩の上

ゆうべたべた名物のうなぎのいる粥川へ行こうと車が五台また動き出した。行ってみると、細いたんぼ道を行きちがいするのに苦労している車の数はこちらよりよその方が多い。みなうなぎの顔を見に来たんだからふしぎである。粥川というが、ここは三牧瀧から下流、長良川との合流点までの間。小屋のような家が一軒あって十円でエサを売る。このエサを川に投げると下流へ流れてやがてその辺にいるうなぎが首を出して寄って来る、人影を見ると寄ってくるのが珍しい。地元の人は誰も取ろうとしないから人に馴れてくるらしい。うなぎを捕ると神様のバチが当るという言い伝えが今に利いているせいもあるそうだ。十円のエサ代でうなぎの顔を見にくるところ。天然記念物。

口上場のようにうなぎの勢ぞろい

私たちの車の傑作は、大阪への帰り道、醒ヶ井の養鱒試験場を見学したことである。山紫水明、一寸ほめすぎかも知れないが、スケールの大きいのに驚いた。池が三十二もあるという。その池に水の色より魚の群がる黒い色の方が多いというほど、ピチピチニジ鱒のかたまりが泳いでいる。明治十一年に設立されたもの。ニジ鱒は明治九年に北アメリカから来たと聞く。

宗谷亭に休んで二十五センチ程の大きさのよく肥えたのを塩焼きにしてもらった。一皿百円、やすくてうまい、あまりのうまさにおかわりをとった。郡上で鮎の三皿をくやんだ私が鱒の塩やきのおかわりをとった。

塩やきの鱒ふとんきた東山

まん中の背のところをふくらせて山にした焼き方も巧みである。塩加減のよさ、わざわざこれだけでたべに、近く、も一度ここへ友達誘って来てみたいと思った。

往復十二時間の車の旅。この旅の記念に私の手帖にはカヤツリ草が一本、押花になって残っている。

京阪と和菓子

窪田空穂

私が鶴屋八幡という菓子店の名を覚えたのは、近年のことである。関西の知人が二回ほど銘菓の折箱を贈ってくれて、それで初めて知ったのであった。その時の印象は、今でも消えずにいる。私は折箱をあけて見て、第一にその美しいのに感心した。色も、形も、その配合も実に美しく上品であった。試みに食べて見ると、味が上品で、細かく、それでいて良い物を食べたあとの満足感を十分に持たせて呉れるのであった。

私は菓子という物を尊重している人間の一人である。菓子はいわゆる茶菓子で、茶とは離れられない物である。私は煎茶好きで、日に幾度も淹れかえて飲んでいるものであり、茶が実用品であると共に、菓子も実用品である。実を言うと、茶は菓子が無くても飲めるのであるが、無いとさみしくほしくなる。ほしがるのは、菓子は実用品だけではなく芸術品であり、その芸術味を、眼も口もほしくなるからのことである。

鶴屋八幡の和菓子に対して私の感心したのはその意味からで、この菓子は実用品と芸術品とを一つにしている物である。申し分のない菓子だ。大阪には良い菓子屋があると、惚れさせられたのである。

来客にその菓子をふるまうと、この菓子は東京にも来ている。文藝春秋社の階下で売っているとのことであった。やや遅れて、東横（とうよこ）百貨店にもあることを知った。よろこんで買いもし、また贈られもして、私も或る程度、鶴屋八幡の菓子には馴染になって、お蔭を蒙り、たのしくもしてもらっているのである。

大阪の菓子で私の感心しているのは鶴屋八幡の物だけであるが、京都の菓子は、感心して味わった物が比較的多く、何種かある。それは京都の物の方が入手する機会が自然多いからのことで、その感心の仕方も全く異なっている。

私の味わった範囲で言うと、京都の菓子で、見た眼の感じの美しかった物は一種も無かった。みんな素朴で、質素であった。さすがに何所(どこ)か品の良いところはあった。何(ど)んな味がするだろうと、やや不安と好奇心とを持って口にすると、味はそれぞれ際(きわ)やかな特色を持っていて、細かく、しぶい、一と口には言えないものを持っているのであった。

私は菓子に対しては、ただ食べることを知っているだけで、知識欲の全く無いものである。それらの菓子も、良い菓子だと思って感心して食べただけで、その名も、店の名も間もなくみんな忘れてしまった。しかし、一つのことだけは想像した。これらの菓子はその店伝来の物で、由緒のあるものだろうということ、又その店は、たとい大きくはなくても老舗であろうということである。

菓子屋が商売とし、営業として店を張っていることは自明なことである。鶴屋八幡をはじめ、京都の老舗が良い菓子を造っていることに感心したが、これは裏返すと、良い菓子を造れば客がよろこんで買いに来るからのことで、造るのは菓子屋であるが、造らせるのは客であるということである。これまた自明のことである。

そう思うと私は、菓子屋に対して持っている尊重の情を、転じて、京阪人の味覚に対してささげるべきであると思わせられる。このように言うと世辞に類していると取られるかも知れぬが、言う者は土地っ子の京阪人ではなく、現在東京に住みついている東京者の言うことで、東京者と比較しての実感、実情なのである。

東京にも菓子屋の老舗は少なくない。土地のつながりで、私はそれらの店の菓子に触れる機会は自然多い。しかし、この菓子はこの店の名物で、他店の追随を許さないというような菓子を造っている店は、何(ど)の店だろう。絶無ではないにちがいないが、案外稀れだろうと思われる。正直にいえば虎屋くらいのものではないか。造れないのでは無い、造らせないのである。強いて造れば営業が成り立たないというのが実状ではないのか。

話は食べ物屋に飛ぶが、大同小異であるから触れて言う。

東京の裏通りには、うまい物を食べさせる謂わゆるうまい物屋が、ところどころにある。何(いず)れも小店である。主人が自身板前をして賄っているのである。

主人は名人気質（かたぎ）を持っていて、良心的な仕事をしないと気のすまない人である。客も大方顔馴染だというのが常態である。菓子屋もこのうまい物屋と大差ないのではないか。

東京は人口一千万に近い大都である。しかしその中に、我々東京に定住し、或る程度安定した生活をつづけ、したがって味覚が洗練されて、菓子を実用品とのみ見ず、芸術品としてたのしみ得る人が、何（ど）の程度居るであろうか。意外に少ないことだろう。大部分は地方出の人々である。それが東京の菓子屋の老舗の客なのである。商売上の競争のはげしい東京で、それらの客に満足を与えようとしているのが老舗の立場である。

大阪はもとより、京都とても住民の移動はある。これは必然的のことである。しかしこれを東京にくらべると、比率ははなはだ低く、むしろ逆に近い程で、大部分は従来の住民であろうと想像される。それらの人々の味覚は、洗練を重ねてきて、全国的に見て最高のものであろう。それを菓子との関係でいえば、肥沃な耕しつくした土壌と、菓子という香の高い芸術的な花を咲かせるに堪えるものとなっているのである。

東京在住者から見ると、京阪人の味覚と、その生み出している銘菓は、尊重すべく、羨むべきものに感じられる。

＊初出一覧／著者プロフィール

（初出雑誌はすべて月刊誌『あまカラ』より）

鯡と鱈（一九五三年三月号／通巻一九号）
長田幹彦　ながた・みきひこ（一八八七－一九六四）
小説家。「祇園小唄」などの作詩も。

味覚の東と西と（一九五三年三月号／一九号）
小林一三　こばやし・いちぞう（一八七三－一九五七）
実業家。阪急東宝グループ、宝塚少女歌劇の創業者。

薬と毒（一九五三年五月号／二一号）
魚返善雄　おがえり・よしお（一九一〇－一九六六）
言語学者・中国文学者。

「すむつかり」贅言（一九五四年五月号／三三号）
谷崎潤一郎　たにざき・じゅんいちろう（一八八六－一九六五）
小説家。代表作に『細雪』など。

料理と文化（一九五四年五月号／三三号）
石川欣一　いしかわ・きんいち（一八九五－一九五九）
ジャーナリスト・エッセイスト・翻訳家。

愛すべき悪魔（一九五四年五月号／三三号）
筈見恒夫　はずみ・つねお（一九〇八－一九五八）
映画評論家・映画プロデューサー。

凡人の酒（一九五四年九・一〇月号／三七・三八号）
吉野秀雄　よしの・ひでお（一九〇二－一九六七）
歌人・書家。歌集に『寒蟬集』、エッセイ集に『やわらかな心』など。

たべ物と風情（一九五四年一二月号／四〇号）
長谷川春子　はせがわ・はるこ（一八九五－一九六七）

洋画家・エッセイスト。人物評者、毒舌家としても知られた。

玉子焼の話（一九五五年二月号／四二号）
宇野浩二　うの・こうじ（一八九一－一九六一）
小説家。「小説の鬼」と称された。代表作に『子を貸し屋』など。

偽むらさき（一九五五年四・五・七・八・九・一一・一二月号／四四・四五・四七・四八・四九・五一・五二号）
花柳章太郎　はなやぎ・しょうたろう（一八九四－一九六五）
俳優。新派を代表する女形役者。主演作に「鶴八鶴次郎」など。人間国宝。

鮨のはなし（一九五五年六月号／四六号）
佐藤春夫　さとう・はるお（一八九二－一九六四）
詩人・小説家。詩集に『殉情詩集』、小説に『田園の憂鬱』など。

胃弱者のたべもの観（一九五五年六月号／四六号）
正宗白鳥　まさむね・はくちょう（一八七九－一九六二）
小説家・文芸評論家。代表作に『何処へ』『入江のほとり』など。

甘い野辺（一九五五年一〇月号／五〇号）
浜本　浩　はまもと・ひろし（一八九一－一九五九）
小説家。代表作に『浅草の灯』など。

西洋の浜焼（一九五五年一二月・五六年六月号／五二・五八号）
中谷宇吉郎　なかや・うきちろう（一九〇〇－一九六二）
物理学者・エッセイスト。エッセイ集に『雪』『立春の卵』など。

小唄料理（一九五六年二月号／五四号）
佐佐木信綱　ささき・のぶつな（一八七二－一九六三）
歌人・国文学者。歌誌『心の花』主宰。唱歌「夏は来ぬ」の作詩など。

あまカラ還暦（一九五六年七月号／五九号）
新村　出　しんむら・いずる（一八七六－一九六七）
言語学者・文献学者。『広辞苑』の編纂・著者。

味覚診断（一九五六年七月号／五九号）
式場隆三郎　しきば・りゅうざぶろう（一八九八－一九六五）
精神科医。山下清の紹介、支援者としても知られる。

関西のうどん（一九五六年九月号／六一号）
壺井　栄　つぼい・さかえ（一八九九－一九六七）
小説家。代表作に『二十四の瞳』など。

食魔の国（一九五七年一月号／六五号）
野村胡堂　のむら・こどう（一八八二－一九六三）
小説家・音楽評論家。代表作に『銭形平次捕物控』、あらえびす名で『名曲決定版』など。

庶民の食物（一九五七年一月号／六五号）
小泉信三　こいずみ・しんぞう（一八八八－一九六六）
経済学者。慶應義塾塾長も務めた。

腹のへった話（一九五七年四月号／六八号）
梅崎春生　うめざき・はるお（一九一五－一九六五）
小説家。代表作に『桜島』『ボロ家の春秋』『幻化』など。

キントン焼き魚（一九五八年一月号／七七号）
長谷川伸　はせがわ・しん（一八八四－一九六三）
劇作家・小説家。主な作品に『一本刀土俵入』『瞼の母』『日本捕虜志』など。

五平餅（一九五八年八月号／八四号）
河竹繁俊　かわたけ・しげとし（一八八九－一九六七）
演劇学・歌舞伎史学者。日本演劇学会初代会長。著書に『日本演劇全史』など。

猫料理（一九五八年一〇月号／八六号）
村松梢風　むらまつ・しょうふう（一八八九－一九六一）
小説家。小説に『残菊物語』『女経』、評伝に『本朝画人伝』など。

むすび（一九五八年一〇月号／八六号）
富田常雄　とみた・つねお（一九〇四－一九六七）
小説家。代表作に『姿三四郎』など。

漬物　肉　果物（一九五九年一二月号／一〇〇号）
安倍能成　あべ・よししげ（一八八三－一九六六）
哲学者・教育家。著書に『人生をどう生きるか』など。

春菊の香りと味（一九五八年一二月号／一〇〇号）
笠信太郎　りゅう・しんたろう（一九〇〇－一九六七）
ジャーナリスト。元朝日新聞論説主幹。主著に『ものの見方について』『〝花見酒〟の経済』。

オフ・ア・ラ・コック・ファンタスティーク（一九六〇年六月号／一〇六号）
森　於菟　もり・おと（一九〇〇－一九六七）
医学・解剖学者。著書に『解剖刀を執りて』『父親としての森鷗外』など。

筋の通ったはなし（一九六一年六月号／一一八号）
名取洋之助　なとり・ようのすけ（一九一〇－一九六二）
写真家。著書に『名取洋之助写真集』『写真の読みかた』など。

魚へんの旅（一九六三年一一月号／一四七号）
岸本水府　きしもと・すいふ（一八九二－一九六五）
川柳作家・コピーライター。著書に『川柳読本』など。代表句「道頓堀の雨に別れて以来なり」。

京阪と和菓子（一九六四年一月号／一四九号）
窪田空穂　くぼた・うつぼ（一八七七－一九六七）
歌人・国文学者。歌集に『まひる野』、研究書に『新古今和歌集評釈』、紀行集に『日本アルプス縦走記』など。

＊表記等は著者物故であることと、執筆時の時代状況を鑑みママとしました。

あまカラ食い道楽

二〇二三年一一月二〇日　初版印刷
二〇二三年一一月三〇日　初版発行
著　者――谷崎潤一郎　ほか
発行者――小野寺優
発行所――株式会社河出書房新社
〒一五一‐〇〇五一
東京都渋谷区千駄ヶ谷二‐三二‐二
電話
〇三‐三四〇四‐一二〇一〔営業〕
〇三‐三四〇四‐八六一一〔編集〕
https://www.kawade.co.jp/
組　版――株式会社ステラ
印　刷――光栄印刷株式会社
製　本――大口製本印刷株式会社
落丁本・乱丁本はお取り替えいたします。

ISBN978-4-309-03152-1
Printed in Japan